COLLECTION A.-L. GUYOT

Paul FÉVAL Fils

# Le Faux Frère

TOME PREMIER

## 20 CENTIMES

PARIS

A.-L. GUYOT, Éditeur

12, Rue Paul Lelong, 12

ALGÉRIE, COLONIES ET ÉTRANGER : 25 CENTIMES

# LE FAUX FRÈRE

# COLLECTION A.-L. GUYOT

## (Catalogue — Série A)

---

## Romans Populaires

### ŒUVRES DE PAUL FÉVAL

### ŒUVRES DE PAUL FÉVAL FILS

---

*Dans toutes les Librairies, Kiosques, Gares :*
*10 centimes le volume.*

On reçoit franco par la poste un volume spécimen et le catalogue contre 30 centimes en timbres-poste adressés à M. A.-L. GUYOT, éditeur, 12, rue Paul-Lelong, Paris.

# PAUL FÉVAL FILS

# Le Faux Frère

## TOME PREMIER

—

PARIS

## A.-L. GUYOT, Éditeur

*12, Rue Paul-Lelong, 12*

—

# LE FAUX FRÈRE

## PROLOGUE

### La disparition du mort

---

### I

Il y a quelques années, se voyait encore à l'extrémité du village de Kerentreck, l'un des faubourgs de Lorient, un cabaret d'apparence plus que modeste, portant pour enseigne :

« Aux Amis réunis »

Pour justifier ce titre, le propriétaire de l'établissement avait fait peindre, par un artiste du cru, sur une plaque en tôle attachée à une tringle au-dessus de la porte et grinçant au moindre vent, un soldat de la ligne, un dragon et un fusilier marin, fraternisant ensemble, le verre en main, dans un parfait accord.

C'était touchant d'invraisemblance.

A travers les rideaux jaunis, qui garnissaient la porte vitrée, on pouvait apercevoir l'intérieur du cabaret, dont la simplicité était en complète harmonie avec l'aspect extérieur de la maison. Deux grandes tables en bois de chêne mal équarri, de chaque côté desquelles étaient rangés des bancs boiteux ; une autre table plus petite qui servait de comptoir et où s'alignaient quelques bouteilles de liqueurs ; aux murs, des gravures aux tons criards, représentant les exploits de Surcouf et de Duquesne, composaient le mobilier de l'unique salle réservée aux consommateurs.

Un soir du mois d'août, vers neuf heures, deux hommes étaient assis, en face l'un de l'autre, à l'une des grandes tables dont nous venons de parler.

Au premier coup d'œil, il était facile de reconnaître en eux des pêcheurs ou des matelots de la marine marchande.

Comme la plupart des bretons, ils étaient d'une taille un peu au-dessous de la moyenne ; mais leur cou musculeux, leurs épaules larges, leur poitrine bombée disaient assez que, chez eux, l'exiguité de la taille était loin d'exclure la vigueur.

Leur visage, hâlé par le soleil, le vent et les embruns, exprimait la franchise et l'énergie, en même temps que cette insouciance que donne au marin l'habitude du danger.

En un mot, ces hommes représentaient admirablement le type du matelot breton, qui est, comme on sait, le premier matelot du monde.

L'un paraissait avoir environ quarante-cinq ans, l'autre trente à peine.

En dehors de ces deux matelots, il n'y avait dans le cabaret que la servante. Celle-ci, assise devant la petite table tenant lieu de comptoir, tricotait en bâillant, et semblait attendre avec impatience le départ des consommateurs pour fermer l'établissement.

Cette jeune fille était fraîche et assez jolie. Elle portait la coiffe pittoresque des paysannes des environs de Lorient, dont les cornettes s'agitaient comme les ailes d'un oiseau prêt à s'envoler, toutes les fois qu'elle remuait la tête.

Les deux matelots fumaient silencieusement une de ces pipes courtes et noires, auxquelles on a donné le nom peu aristocratique de « brûle-gueule ».

A côté d'eux, on voyait sur la table deux verres et une bouteille de cognac aux trois quarts vide.

— Alors, père Le Goff, disait à son compagnon le plus jeune des deux matelots, c'est décidément demain matin que vous prenez le large ?

— Oui, Pengam, répondait l'autre, et c'est pour boire le coup du départ que je t'ai amené ici, ce soir, matelot... On n'y boit pas du tafia de cambuse, hein ?

— Vous souvient-il, reprit Pengam, du temps où nous bourlinguions ensemble sur la « frégate » la *Cornélie*, où je faisais mes quarante mois comme matelot, tandis que vous, père Le Goff, vous étiez déjà second maître de manœuvre.

— Tu n'étais alors qu'un gamin, mon fils; moi j'avais déjà dépassé la trentaine, et j'en étais à ma troisième réadmission. Lorsque tu as quitté le service, après avoir fini ton temps, j'avais même deux propositions de premier maître, et sans certaine histoire...

— Oui, je sais ; des mots que vous avez eus avec un commissaire.

— Un blanc-bec qui se mêlait de ce qui ne le regardait pas, s'écria Le Goff en s'animant; un freluquet qui voulait m'apprendre, à moi, vieux gabier, à parer une embarcation !

— N'est-ce pas ce comte de Valmont qui habite maintenant le château de Kernéis ?

— Oui, bien, lui-même. Et si jamais je le rencontre, continua Le Goff en serrant les poings, je crois, mille cartahus ! que je serais capable... Il n'a qu'à se tenir à longueur de gaffe.

— Allons ! allons ! père, calmez-vous ! Si j'ai un conseil à vous donner, croyez-moi, laissez le comte de Valmont tranquille.

— Pourquoi ça ?

— Parce qu'il a le bras long, comme on dit.

— Et que m'importe ! Cela ne l'empêche pas de s'être conduit envers moi comme le dernier des *calfats* : sais-tu bien qu'il a voulu me faire passer au conseil de guerre ?

— Oui, oui ; cependant, voyez-vous, vous ferez bien tout de même de ne pas vous attaquer à lui.

— Est-ce parce qu'il a épousé la sœur de M. de Kernéis, notre procureur impérial ?

— Dame ! Il est probable que s'il arrivait malheur à son beau-frère, M. de Kernéis appuierait la chasse à celui qui aurait fait le coup.

— Au fait, matelot, tu as peut-être raison...

D'ailleurs, ajouta Le Goff, après avoir tiré de
sa pipe un nuage de fumée, je ne regrette pas,
en somme, la marine de l'Etat : en naviguant au
commerce, j'ai ramassé quelques bons écus, et
me voilà maintenant capitaine de la goëlette
*l'Espérance*.

— C'est comme moi, répliqua Pengam, j'ai
bien fait de ne pas rester au service : la pêche
ne va pas mal depuis quelques années, et, en
économisant sur mes parts, j'ai pu acheter une
barque et je suis devenu patron à mon tour.

Il y eut un silence entre les deux hommes.

— Tout de même, père Le Goff, dit tout à
coup Pengam, c'est une bien longue campagne
que vous entreprenez-là : les Molluques ne
sont pas près d'ici !

— Bah ! répondit le capitaine, qu'importent
quelques bordées de plus ou de moins ! Et
puis, vois-tu, matelot, il y a gros à gagner aux
Molluques.

— Et votre fille Yvonne, vous allez la laisser
seule bien longtemps !

— Ce n'est pas la première fois que je la
quitte, depuis la mort de ma pauvre défunte.

Et Le Goff essuya une larme furtive à ce
souvenir.

— D'ailleurs, ajouta-t-il, les amis ne sont-ils

pas là pour la protéger, en cas de besoin !

— Ah ! pour cela, exclama Pengam avec feu, vous pouvez compter sur moi !

Dix heures sonnèrent à l'église de Kerentreck.

— Mille cartahus ! s'écria Le Goff, il se fait tard ! Yvonne qui m'attend ! Il y a un bon bout de chemin d'ici à Penmaré, et il est trop tard maintenant pour trouver un canot dans le port ; il ne faut donc pas songer à traverser la rade.

— Et encore le père Le Bihan, le passeur de Kervignac, doit être couché depuis longtemps.

— Oh ! cela ne m'inquiète pas ; le père Le Bihan est une vieille connaissance à moi, et il se lèvera bien pour me passer de l'autre côté du Blavet.

Les deux hommes se levèrent, un peu alourdis et trébuchant légèrement sous l'influence de l'alcool.

— Adieu, Marie-Anne ! dit Le Goff à la servante.

— Bon voyage, monsieur Le Goff ! répondit celle-ci.

Le capitaine et son compagnon sortirent du cabaret.

Ils eurent à peine mis le pied dans la rue,

que saisis par l'air plus vif du dehors, ils commencèrent à décrire les zigzags les plus fantaisistes.

— Tonnerre! matelot, je crois qu'il y a du vent dans les voiles !

Et du raz-de-marée sous la quille, c'est sûr!

## II

Malgré leur peu de solidité, les deux hommes ne tardèrent pas à quitter la grande route pour s'engager dans l'étroit chemin qui conduit, à travers la lande, de Kerentreck au passage de Kervignac.

Ils marchaient en se donnant le bras, aussi vite que le leur permettaient leurs jambes raidies, et n'échangeaient que de rares paroles.

— Père Le Goff, murmura tout à coup Pengam, si j'ai voulu vous convoyer jusqu'au passage, ce n'est pas seulement pour avoir le plaisir de rester plus longtemps avec vous.

— Vraiment, matelot, aurais-tu donc quelque secret à me confier ?

— En effet, bégaya Pengam, il y a que je suis amoureux d'Yvonne, et que je vous la demande en mariage.

— Bah ! c'est sérieux ?

— Oh ! père Le Goff.

— C'est que ta demande a de quoi me surprendre, matelot... D'un côté, s'entend, ajouta le capitaine.

— Que voulez-vous dire ?

— Ce que je trouve étonnant, mille cartahus ! c'est que tu aies attendu jusqu'à ce soir pour me parler de cela.

— Je n'osais pas...

— Ne t'en prends donc qu'à toi, mon garçon, si tu es forcé d'attendre pour épouser Yvonne.

— Pourquoi ?

— Mais parce que je pars demain matin et qu'il n'est pas possible de bâcler le mariage avant mon retour, je pense.

— Mais ne pourrez-vous pas m'envoyer votre consentement du premier port où relâchera l'*Espérance* ?

— Hé fiston, j'aime encore mieux assister au mariage que de t'envoyer le papier.

En parlant ainsi les deux hommes avaient quitté la lande et pénétré dans les bois qui avoisinent le Blavet.

Bientôt ils se trouvèrent au bord de la rivière à l'endroit désigné sous le nom de passage de Kervignac.

Le passeur, dont la cabane s'élevait à peu de distance de la berge, était, comme l'avait pensé Pengam, couché depuis longtemps.

Il avait bien laissé à l'eau son canot, qui était attaché par une simple amarre à un piquet planté dans la vase, mais il avait emporté les avirons.

Le Goff se mit à cogner vigoureusement à la porte de la cabane.

— Qui est-là ? cria au bout de quelques instants une voix bourrue, sortant de l'intérieur.

Le Goff se nomma et, quelques instants après, le passeur, se frottant les yeux, parut sur le seuil.

Les deux hommes lui expliquèrent ce qu'ils voulaient.

Le passeur ne fit aucune difficulté pour confier ses avirons.

— En revenant, dit-il à Pengam, vous amarrerez le canot et vous dresserez les avirons contre le mur.

Quelques instants après, sur l'autre bord du Blavet, les deux marins se firent leurs adieux.

— Adieu, mon gendre, car je peux bien t'ap-

peler ainsi, maintenant, pas vrai ? disait le père
Le Goff. Je te confie Yvonne pendant mon
absence.

— Vous pouvez être tranquille, répondit le
pêcheur aussi ému que le capitaine, je veil-
lerai sur elle. Quant à vous, n'oubliez pas d'envoyer le papier, d'où vous pourrez, si vous
restez trop longtemps

— Tu as ma parole, matelot, cela doit suffire
entre nous.

— Bon voyage, cria Pengam !

Et d'un vigoureux coup d'aviron, le matelot
lança le canot au milieu du courant.

Le Goff, resté seul à quelques pas de la rive,
regarda d'un air soucieux l'embarcation s'éloigner, puis il se mit brusquement en marche.

C'était une belle et tiède nuit d'été. La lune,
dans un ciel sans nuage, brillait d'un éclat
splendide, et sa lumière argentée, filtrant à
travers le feuillage déchiqueté des pins, venait
dessiner sur le sol de fantastiques arabesques.

Des senteurs aromatiques s'échappaient du
bois, tandis que la brise du large apportait aux
poumons l'air vif et salé de l'Océan.

La nature était endormie : on n'entendait
d'autre bruit que le frissonnement des grands
arbres, le murmure de la rivière coulant entre

ses berges caillouteuses, et, au loin, le sourd grognement de la mer.

Pour se rendre à Penmaré, Le Goff avait pris un étroit sentier qui traversait le bois de Kervignac et se dirigeait parallèlement au Blavet, sans cependant suivre tous les méandres de la rivière.

Après avoir quitté Pengam, le capitaine de l'*Espérance* marcha quelque temps la tête baissée, comme en proie à des réflexions pénibles. Il songeait sans doute au long voyage qu'il allait entreprendre, aux amis qu'il laissait en France, à sa fille qu'il allait quitter dans quelques heures et qu'il ne reverrait peut-être jamais.

Mais bientôt sa bonne humeur, son insouciance habituelles reprirent le dessus, et ses pensées suivirent un cours plus riant.

— Mille cartahus ! s'écria-t-il, en se secouant comme un chien mouillé ; au diable les idées noires !

Et, d'une voix légèrement éraillée, il se mit à chanter le refrain bien connu des marins :

> Ah ! bitte et bosse !
> Ah ! quelle noce !
> Oh ! hisse ! en haut !
> Gai Matelot.

—Cré tonnerre! grommela-t-il, l'instrument
a des cordes cassées ; si je fumais une pipe pour
le radouber.

Et il tira de sa poche son vieux brûle-gueule,
le bourra consciencieusement de tabac, battit
le briquet et l'alluma.

— Ah ! fit-il après avoir aspiré quelques
bouffées, je crois que ça ira mieux maintenant.

Et il se reprit à chanter.

Mais il ne put achever la première phrase.

Sa voix s'était éteinte dans sa gorge. Les yeux
hagards, la figure contractée, les bras pendants,
il s'était arrêté et regardait devant lui comme
frappé de terreur. Sa pipe lui échappa d'entre
les dents, et lui-même, fléchissant sur ses jambes, s'affaissa sur le sol.

—Madone d'Auray ! s'écria-t-il en se signant.

Il venait d'apercevoir quelque chose d'horrible.

III

Le soir même du jour où Le Goff avait donné
rendez-vous à Pengam pour boire avec lui le
coup du départ, au moment où le soleil allait
disparaître sous l'horizon, un bateau à vapeur
de petit tonnage doublait la pointe nord de
l'Ile de Groix et mettait le cap sur la côte.

Le navire, un yacht de plaisance, portait à sa
corne le pavillon anglais.

Il manœuvrait comme s'il eut voulu entrer
dans la rade de Lorient. Mais, arrivé à l'entrée
de la passe, il stoppa, mit en panne et refusa le
pilote qui était venu offrir ses services.

Quelques instants après, comme la nuit commençait à s'épaissir, un canot se détacha du

bâtiment, puis, profitant de la légère brise du
sud-sud-ouest qui s'était levée, il hissa sa voile,
franchit la passe et se dirigea vers le fond de la
rade. Ce canot était monté par deux hommes.

Après avoir traversé la rade dans toute sa
longueur, il pénétra dans le chenal du Blavet
et remonta la rivière jusqu'à environ un kilomètre du passage de Kervignac.

Lorsque l'embarcation fut parvenue en face
d'une petite crique, située sur la rive gauche,
l'homme qui se tenait à la barre fit un signe.

Aussitôt, son compagnon cargua la voile,
prit les avirons et, au bout de quelques secondes, le canot accosta.

Les deux hommes sautèrent lestement à terre
et, après avoir caché leur barque dans les ro-
seaux qui garnissaient la rive, ils s'enfoncèrent
rapidement sous bois.

Malgré la chaleur accablante du jour, que la
brise nocturne n'était pas encore parvenue à
dissiper, ces hommes étaient couverts de longs
manteaux dont le collet, soigneusement relevé,
empêchait complètement de distinguer leurs
traits. Tout ce qu'on pouvait voir, c'est qu'ils
étaient tous deux d'une taille élevée et d'une
carrure athlétique.

Après avoir parcouru environ cinq cents

mètres sous le couvert, ils se trouvèrent au
bord d'un petit chemin qui rejoignait, à quelque distance de là, la 'route départementale
d'Hennebont à Port-Louis.

Ils s'engagèrent dans ce chemin et le suivirent lentement, en regardant à droite et à
gauche avec attention.

Bientôt, celui des deux hommes qui semblait
commander, s'arrêta devant un épais buisson
de houx et le désigna à son compagnon.

— Bon ! fit simplement celui-ci.

Et il se glissa derrière le buisson, où l'autre, après avoir jeté autour de lui un coup
d'œil scrutateur, ne tarda pas à le rejoindre.

Ils se tapirent au milieu du fourré et
attendirent longtemps, immobiles, silencieux,
comme guettant une proie ; à la clarté de la
lune, on aurait pu voir que chacun d'eux
tenait à la main un long couteau, dont la lame
jetait par intervalles un éclair sinistre.

Tout à coup on entendit résonner des pas
sur le sol. L'un des deux hommes leva doucement la tête et regarda avec précaution, à
travers les branches, du côté d'où venait le
bruit.

— C'est lui ! murmura-t-il; il est seul et à
pied: le diable est pour nous !

Le voyageur avançait toujours, d'un pas régulier, sans aucune défiance. On pouvait même l'entendre sifflotter entre ses dents, un air de chasse.

Au bout de quelques instants, il se trouva en face du buisson.

A peine l'eut-il dépassé, que les deux hommes s'élancèrent sur lui, et, avant qu'il eût le temps de se retourner, il était frappé d'un terrible coup de couteau entre les deux épaules.

Il tomba comme une masse, sans même pousser un cri.

— Est-il bien mort ? demanda celui qui avait frappé.

Pour toute réponse, son compagnon poussa du pied le corps du malheureux, qui ne fit aucun mouvement.

Les assassins se concertèrent alors pendant quelques secondes à voix basse; puis, saisissant leur victime, l'un par les jambes, l'autre par les épaules, ils se mirent en marche, sans abandonner le sentier. Ils ne firent ainsi que quelques pas, et allèrent déposer leur sinistre fardeau au pied d'un jeune pin qui s'élevait au milieu d'une clairière.

Sans perdre de temps, l'un d'eux déroula

une longue et forte corde dont il s'était muni ; ensuite, soulevant de nouveau le corps, ils le dressèrent contre le tronc de l'arbre et l'y attachèrent solidement.

— C'est bien, partons ! dit celui des deux qui avait déjà commandé, lorsque cette horrible besogne fut terminée.

Et il s'éloigna dans la direction de la rivière.

Avant de le suivre, l'autre jeta un dernier coup d'œil sur son œuvre, et, remarquant que la tête retombait en avant sur la poitrine, il revint sur ses pas, chercha dans les vêtements ensanglantés, et poussa une exclamation de joie en trouvant un foulard dans l'une des poches.

Tordant ce foulard de façon à en faire une sorte de corde, il le noua, par un bout à une touffe de cheveux, que la victime portait très longs, et par l'autre bout à une des basses branches du pin, forçant ainsi la tête à se tenir relevée.

— Là ! voilà au moins un travail bien fait, dit-il avec un ricanement féroce.

En accomplissant cette dernière besogne le collet de l'homme s'était dérangé, une seconde, juste assez pour permettre à la lune d'éclairer le visage sombre d'un nègre.

Le noir courut rejoindre son compagnon, qui ét..it déjà remonté dans le canot.

Puis, les deux misérables  rirent le large et, hissant la voile, en même temps qu'ils nageaient avec vigu ..r, se rouvèrent bientôt au milieu de la rade.

## IV

On devine maintenant quelle rencontre Le Goff avait faite dans le bois de Kervignac, et pourquoi il s'était arrêté tout à coup au milieu de sa chanson, en donnant les signes d'une si grande frayeur.

Mais le vieux marin ne resta pas longtemps sous le coup de la terreur quasi superstitieuse qui l'avait envahi. Dès que la réflexion lui fut revenue, son caractère ferme et courageux reprit le dessus.

— Mille cartahus ! s'écria-t-il en se relevant

d'un bond, je crois que j'ai eu quelque chose comme une fière peur ! Heureusement que personne n'était là pour le redire aux camarades : ils me blagueraient d'une sacrée façon !

Il se rapprocha de l'arbre funèbre, si bien qu'à la clarté de la lune, il put nettement distinguer les traits de celui qui y était attaché.

A peine les eut-il considéré pendant quelques secondes, qu'il fit un nouveau haut-le-corps, d'étonnement cette fois.

— Mais, je ne me trompe pas ! fit-il. C'est bien lui ! c'est ce coquin de Valmont, mon ancien commissaire de la *Cornélie* !... Ah ! brigand, tu n'as eu que ce que tu méritais !...

— C'est égal ! murmura-t-il au bout d'un instant, ceux qui ont fait le coup sont de rudes canailles tout de même !

Puis, examinant la façon dont le corps était fixé au tronc de l'arbre.

— Tiens, exclama-t-il, voilà un filin qui a l'air d'une bosse d'embarcation ! Est-ce que ces scélérats-là seraient des matelots, par hasard ?... Après tout, continua-t-il, il est mort, n'est-ce pas ? Rien à faire !... Alors virons de bord, il est temps que j'aille m'affaler dans mon hamac ; Yvonne doit être inquiète.

Et il s'éloigna. Mais à peine eut-il fait une

vingtaine de pas, qu'il s'arrêta de nouveau ; il avait cru entendre derrière lui comme une sorte de gémissement.

Il écouta attentivement pendant quelques secondes. Aucun autre bruit semblable ne vint frapper son oreille.

— Bah ! se dit-il, je me serai trompé !

En arrivant au logis, il trouva sa fille Yvonne qui l'attendait, toute inquiète de son retard.

— Il ne t'est rien arrivé, père ? lui demanda-t-elle.

— Non, rien, répondit-il d'un ton un peu bourru... Ah ! si pourtant, ajouta-t-il, j'oubliais de te le dire: il y a quelqu'un de notre connaissance à qui on vient de faire avaler sa gaffe.

— Qui donc ? demanda Yvonne avec anxié-té.

— Suffit ! suffit ! Ne t'inquiète pas ; tu apprendras sans doute la chose demain, car elle fera du bruit... Allons bonsoir ! et ne rêve pas trop de Pengam, hein, sournoise.

Il se mit en devoir de se coucher.

Mais, comme il enlevait sa vareuse, ayant porté machinalement la main à la poche, il s'arrêta en faisant une grimace de désappointement.

— Tonnerre ! gronda-t-il, j'ai perdu ma pipe, cette pauvre vieille bouffarde qui a bourlingué avec moi pendant cinq ans ! Où diable puis-je l'avoir laissée ?

Il réfléchit pendant un instant ; enfin, se frappant le front :

— J'y suis ! murmura-t-il ; elle est tombée auprès de l'arbre !... Ce damné Valmont est encore cause de ce malheur !

Malgré cet incident, quelques minutes après il ronflait comme un bourdon d'orgue, en brave matelot qui n'a rien à se reprocher.

.   .   .   .   .   .   .   .   .   .   .   .

Au moment où Le Goff venait de quitter le bois de Kervignac, un jeune paysan, qui avait passé toute la soirée à l'assemblée d'un village voisin et rentrait à Hennebont, découvrait, lui aussi, dans le bois, le corps de M. de Valmont.

Sa terreur fut d'abord telle qu'il s'enfuit à toutes jambes, sans oser retourner la tête, comme s'il eut été poursuivi par tous les Korigans et les poulpiquets qui fourmillent, comme on sait, sur la lande bretonne.

Mais, arrivé chez lui, il fut honteux de ce

premier mouvement, et il comprit alors qu'il devait avertir la justice.

Il avait, du reste, malgré sa terreur, parfaitement distingué les traits du comte qui était très connu dans le pays.

Dès la pointe du jour, il se mit donc en route pour Lorient, et, une fois dans la ville, il se rendit directement au parquet.

M. de Kernéis, à cette heure matinale, n'était pas encore à son cabinet.

Le jeune gars se fit indiquer la demeure particulière du procureur, et y courut sans perdre de temps.

Malgré la douleur que lui causa la nouvelle du meurtre de son beau-frère, le magistrat n'oublia pas ses devoirs.

Il fit prévenir aussitôt le juge d'instruction et le capitaine de gendarmerie, et tous trois, accompagnés d'un médecin et de deux gendarmes, se rendirent en toute hâte sur le théâtre du crime.

Lorsqu'ils arrivèrent, quelle ne fut pas leur stupéfaction en constatant que le corps avait disparu !

De nombreuses tâches de sang, rougissant la terre, indiquaient seules qu'un meurtre avait été commis en cet endroit

A quelques pas de là, M. de Kernéis ramassa
un foulard marqué aux initiales H. V. sur-
montées d'une couronne de comte, et, dès lors,
il ne put malheureusement plus rester de
doute dans son esprit sur l'identité de la
victime.

FIN DU PROLOGUE

# LE FAUX FRÈRE

## PREMIÈRE PARTIE

### Le capitaine Brick

———

1

La famille de Kernéis était une des plus anciennes et des plus nobles du Morbihan. Dans ce pays resté, de nos jours encore, rebelle aux nouvelles théories politiques et sociales, elle avait conservé intact, avec son patrimoine, l'antique prestige de son nom.

Après les guerres de Vendée, auxquelles ils n'avaient pas été sans prendre part, les Kernéis avaient été, cela va sans dire, inquiétés par le gouvernement révolutionnaire. Néanmoins, ils n'émigrèrent pas, et grâce au concours dévoué de leurs serviteurs et des paysans, purent sauver de la tourmente leurs personnes et leurs biens.

La Restauration les fit naturellement rentrer en faveur. L'aîné des Kernéis, le comte Armand, entra dans la magistrature et devint promptement conseiller à la Cour de Rennes.

A la mort de son frère cadet, survenue vers 1822, il hérita de tous les biens de la famille. Il renonça alors à l'avenir brillant qui l'attendait, et, désireux de venir se fixer sur le sol natal, se fit nommer président du tribunal de Lorient.

Là, il épousa la fille d'un châtelain des environs qui, après cinq ans de mariage, mourut en lui laissant deux enfants, un fils et une fille, auxquels furent donnés les noms de Jean et de Jeanne.

Une vingtaine d'années avant les événements dont le récit fait l'objet de notre prologue, Jean de Kernéis était sur le point d'achever ses études au collège de Lorient.

Son père le destinait à la carrière qu'il avait lui-même embrassée et n'attendait, pour prendre sa retraite, que le jour où son fils serait nommé substitut.

Le jeune homme répondait en tous points aux espérances que son père avait placées en lui. Son caractère déjà sérieux, son ardeur au travail, les succès qu'il avait remportés dans les concours, tout faisait présumer qu'il ne pouvait manquer de réussir.

Au collège, Jean s'était lié d'étroite amitié avec un de ses camarades, nommé Charles Bertol, qui était du même âge et dans la même classe que lui.

Le père de Charles, un ancien lieutenant de vaisseau, bien que sans fortune personnelle, avait réussi à épouser, grâce à ses dehors séduisants, une jeune et riche veuve, M$^{me}$ la comtesse de Valmont. Celle-ci, avec son amour, lui avait apporté sa dot, qui se composait de plusieurs centaines de mille francs ; toutefois, les biens considérables de son premier mari étaient passés en entier sur la tête de son fils, Henri, qu'elle avait eu de son union avec le comte de Valmont.

Le brillant officier de marine, après ce coup de fortune inespéré, n'avait pas tardé à se démettre de son grade, et, donnant carrière à ses goûts de luxe, trop longtemps comprimés, s'était mis à dépenser royalement la dot de sa femme. Celle-ci, d'ailleurs, n'avait jamais élevé aucune protestation, subjuguée par l'ascendant qu'exerçait sur elle cet époux de son choix.

C'est de ce mariage de M^{me} veuve de Valmont avec le lieutenant de vaisseau Edmond Bertol qu'était né Charles, qui, à l'époque où nous sommes arrivés, avait environ dix-sept ans.

Le caractère du jeune Bertol différait totalement de celui de son camarade Jean de Kernéis. Autant ce dernier était studieux, calme, réfléchi, autant Charles se montrait ami des plaisirs, volontaire et emporté.

Néanmoins, malgré ces divergences de caractère, ou peut-être à cause même de ces divergences, les deux jeunes gens étaient devenus amis inséparables. Cette amitié se trouvait encore resserrée par suite des relations que M. de Kernéis entretenait avec M. et M^{me} Bertol.

L'ancien magistrat avait été, en effet, très lié jadis avec le comte de Valmont, riche propriétaire foncier des environs de Lorient. Lorsque sa veuve s'était remariée avec M. Bertol, il l'avait blâmée de ce qu'il appelait une mésalliance ; mais, après l'avoir tenue à l'écart pendant quelque temps, oubliant ses rancunes, il avait consenti à recevoir chez lui l'ancien officier qui, après tout, était un homme honorable en même temps qu'un homme du monde.

M. Bertol avait d'abord eu l'intention de faire entrer son fils à l'école navale ; il lui avait même, dans ce but, acheté un petit yacht et appris à le manœuvrer.

Charles s'était montré bon élève alors, profitant d'une façon remarquable des leçons de son père, et il aurait pu sans peine commander un bâtiment d'un plus fort tonnage. Malheureusement, ses progrès au collège n'avaient pas été aussi rapides.

Contraint, par suite, de renoncer à ses premiers projets, M. Bertol décida alors que son fils, une fois reçu bachelier, irait à Paris faire son droit en même temps que Jean de Kernéis ; il se disait que l'exemple d'un garçon aussi travailleur ne pouvait manquer d'être d'un salutaire effet pour Charles.

Tout d'abord, les espérances de M. Bertol semblèrent se réaliser, Charles qui, bien que toujours noté comme assez mauvais élève, était d'une intelligence supérieure à la plupart de celle de ses camarades, passa sans difficulté son baccalauréat. Puis, dans les premiers temps de son séjour à Paris, il parut se mettre résolument au travail, fréquentant les cours avec assez d'assiduité, et ne consacrant au plaisir qu'une partie relativement faible de son temps.

Il subit de la sorte, avec succès, ses deux premiers examens de licence.

Mais, peu à peu, cette ardeur tomba et son naturel reprit le dessus.

Fermant l'oreille aux conseils de son ami Jean, et même, sans cesser pourtant de le fréquenter, évitant autant que possible les épanchements intimes avec lui, il fit la connaissance de jeunes gens qui menaient la vie joyeusement, joua, eut des maîtresses, s'endetta de tous côtés; en un mot, se livra à la plus complète dissipation.

Pendant près de deux ans, le jeune Charles ne mit pas une seule fois les pieds à l'Ecole de droit, et, pendant que son ami Jean, déjà reçu licencié, enlevait brillamment son doctorat, lui, ne prenait même plus d'inscriptions.

M. Bertol, quoique ayant plusieurs fois menacé son fils de lui retirer la pension qu'il lui servait, continuait cependant à lui envoyer de l'argent. Ces subsides étaient loin de suffire au jeune homme qui, plus d'une fois, avait eu recours à la bourse de Jean et avait même contracté chez divers usuriers des emprunts ruineux.

Une fois reçu docteur en droit, Jean de Kernéis grâce aux influences de son père, fut immédiatement nommé à une place de substitut à Narbonne. Avant de quitter Paris, il fit à son ami de touchants adieux, l'exhortant à se remettre au travail, à passer enfin son dernier examen de licence.

Charles promit.

Malgré cette promesse qui lui coûtait si peu, il n'aurait peut-être pas changé de conduite, sans un événement imprévu qui vint l'affecter vivement.

Un matin, il reçut une lettre encadrée de noir, lui annonçant que sa mère venait de mourir subitement.

Charles avait toujours beaucoup aimé sa mère. Cette mort fit un grand vide dans son âme, et le chagrin qu'il en conçut le dégoûta de la vie de plaisir qu'il avait menée jusque-là à Paris. Il commença dès ce moment à sentir le besoin de se faire une situation dans le monde.

Rouvrant donc ses livres, il se remit sérieusement à l'étude. Au bout de l'année, usant de sa grande facilité, il obtenait sans peine son diplôme de licencié.

Il quitta alors Paris et revint à Lorient, où il se fit inscrire comme avocat.

II

Le château de Kernéis, près d'Hennebont,
était une vieille construction du moyen-âge, à
laquelle on avait fait subir toutefois, pour la
rendre habitable, quelques transformations.
Maintenant, les anciens logements n'existaient
plus, et le donjon avait été jeté par terre,
pour faire place à une habitation moderne,
élégante et confortable.

Mais les murailles de l'enceinte extérieure,
hautes, massives et percées de meurtrières, la
porte flanquée de tourelles, avec créneaux et
machicoulis, les douves toujours remplies
d'eau, et qu'on ne traversait encore que sur
un pont-levis, tout cela, quoiqu'en ruine, rap-

pelait les temps où les seigneurs de Kernéis,
du fond de leur manoir féodal, étendaient leur
suzeraineté sur toute la vallée du Blavet infé-
rieur, ne se reconnaissant les vassaux que du
très haut et très puissant duc de Bretagne.

C'était dans ce château, propriété séculaire
de sa famille, que M. de Kernéis s'était retiré
après les débuts de son fils dans la magistrature. C'était dans cette antique demeure, qui
avait vu naître et mourir la longue série de
ses aïeux, que le vieillard voulait aussi terminer
ses jours.

Il avait emmené avec lui sa fille Jeanne,
qui venait de sortir du couvent des Visitan-
dines de Rennes au moment où son frère prenait son poste de substitut.

Par une sombre après-midi d'automne, Jeanne
était assise sur un banc, dans le grand parc
qui attenait au château. La jeune fille paraissait
rêveuse, ses yeux, obstinément fixés sur le
sol, semblaient vouloir y lire des caractères
invisibles, pendant que ses doigts déchique-
taient, avec une sorte d'activité fébrile, une
grande feuille de marronnier tombée à côté
d'elle sur le banc.

Mlle Jeanne de Kernéis, entrait à peine dans
sa dix-huitième année ; d'une rare beauté,

grande, mince, svelte, avec des formes cependant développées déjà, elle présentait réunies toutes les élégances de la vierge en même temps que toutes les séductions de la femme. Malgré ses cheveux d'un noir d'ébène, qui tombaient en nattes lourdes sur son cou, elle avait le teint rose et velouté d'une blonde fille de la Norwège. Ses mains blanches et fines, son pied cambré comme celui d'un enfant, dénotaient la race. Ses traits, merveilleusement modelés exprimaient la douceur, et ses yeux, d'un bleu profond, devaient jeter le trouble dans le cœur de tous ceux sur lesquels ils se fixaient.

Quelles mélancoliques pensées pouvaient donc agiter l'esprit de Jeanne? Pourquoi donc passait-elle par instants la main sur son front comme pour en chasser une idée obsédante?

Peut-être la jeune fille pensait-elle à la tristesse de la vie solitaire qu'elle menait dans ce vieux château, et regrettait-elle les plaisirs du monde qu'elle n'avait fait qu'entrevoir au sortir du couvent.

Peut-être aussi son cœur était-il tourmenté par quelque vague aspiration d'amour. L'inconnu est tentant pour la vierge.

Elle fut tout à coup tirée de sa rêverie par

un coup de cloche annonçant l'arrivée de visiteurs au château.

C'était une distraction trop rare pour que Jeanne n'eut pas l'idée d'en profiter. Elle se leva du banc sur lequel elle était assise, et regarda, à travers les massifs d'arbustes, quels étaient les personnages que le domestique introduisait. Elle vit d'abord un monsieur d'un certain âge dans lequel elle reconnut Edmond Bertol.

Celui-ci n'était pas seul. Il était accompagné d'un jeune homme à la tournure élégante, que Jeanne se rappela vaguement avoir déjà vu, mais qu'elle ne reconnut pas tout d'abord.

Cette circonstance piqua la curiosité de M<sup>lle</sup> de Kernéis : elle revint au château, et, après être montée dans sa chambre pour jeter dans la glace un coup d'œil à sa toilette, elle se disposa à entrer au salon.

Cependant les deux visiteurs avaient été introduits auprès de M. de Kernéis.

— Ah ! c'est vous, mon cher Bertol, dit le vieillard en serrant affectueusement la main de l'ancien officier de marine. Je suis heureux de vous voir : il y avait longtemps que vous n'étiez venu dans ma retraite.

— C'est vrai, mon cher président; je sors

si peu, vous le savez, depuis la mort de ma pauvre femme !

— Oh ! vous n'avez pas besoin de vous excuser : je sais, mon ami, que vous avez eu bien des chagrins...

— J'ai profité de ma visite, interrompit M. Bertol, pour vous amener mon fils, qui vient de se faire inscrire au barreau de Lorient.

— Mon cher Charles, dit M. de Kernéis en se tournant vers le jeune homme, je ne puis que vous féliciter d'être enfin revenu dans la bonne voie.

Le vieillard prononça ces mots d'un ton quelque peu froid.

M. de Kernéis était en effet un de ces hommes de la vieille roche, tout d'une pièce, qui n'admettent aucune transaction, aucun compromis avec leurs convictions. D'une rigidité de principes excessive, le descendant des anciens preux ne comprenait pas, ne concevait même pas que l'on pût commettre la moindre faute.

Il est vrai que, s'il était sévère pour les autres, il l'était aussi pour lui-même, et pouvait offrir en exemple une vie sans tache comme sans faiblesse.

Le jeune Bertol s'inclina sans répondre, impassible.

Son père répondit pour lui à M. de Kernéis.

— Il est vrai qu'il a fait quelques fredaines, mais il faut bien que...

— Je sais, je sais, fit vivement le vieillard d'un ton qui tranchait la suite de l'explication. Jean m'en a parlé, et je suis sûr qu'il ne m'a pas tout dit, le brave enfant... Pourtant, ajouta-t-il, avec une sorte de sourire bienveillant, l'enfant prodigue est de retour, il faut tuer le veau gras.

La porte du salon s'ouvrit, et M<sup>lle</sup> de Kernéis parut sur le seuil.

Comme surprise de trouver son père en compagnie, la jeune fille s'arrêta rougissante : nous savons cependant qu'elle n'ignorait pas la présence des deux visiteurs.

— Approche donc, Jeanne, lui dit son père, en remarquant son hésitation; viens embrasse notre vieil ami Bertol. Est-ce la présence de Charles qui t'intimide ? Tu ne le reconnais donc pas !

Jeanne s'avança et, présentant son front à l'ancien officier :

— Il y a si longtemps, répondit-elle, que je

n'ai vu M. Charles ! En effet, je ne le reconnaissais pas.

— Ni moi non plus, mademoiselle, se hâta de répliquer le jeune avocat, je ne vous aurais pas reconnue. Est-il possible de reconnaître, dans la rose épanouie, le brin d'herbe, à peine sorti de terre, qu'on a laissé six ans auparavant !

Ce fade compliment de collégien fit froncer les sourcils à M. de Kernéis, mais ne parut pas déplaire à Jeanne.

Il est vrai de dire que si M<sup>lle</sup> de Kernéis était devenue, depuis le départ de Charles, une jeune fille d'une beauté parfaite, la même métamorphose s'était opérée chez le jeune homme.

Grand, bien pris, l'air distingué, avec une légère barbe estompant son visage d'un blanc mat, aux traits mâles et énergiques bien qu'un peu fatigués par les plaisirs et les veilles, Charles était ce que l'on est convenu d'appeler un cavalier accompli.

Il y avait cependant une tache dans cet ensemble d'ailleurs agréable. Ses yeux, d'un gris d'acier, s'illuminaient par instant d'une lueur inexplicable, qui donnait à la physionomie un aspect farouche, presque sinistre.

Soit par instinct, soit qu'il eût conscience
du mauvais effet que pouvait produire ce regard, Charles Bertol savait, quand il le voulait,
voiler l'éclat de sa prunelle et donner à son
visage une expression souriante et enjouée.

Aussi M<sup>lle</sup> de Kernéis, qui, sortant de pension, ne connaissait le monde que par quelques
rares visites dans des salons de province, arrê-
tait-elle ses yeux avec une complaisance visible
sur ce beau cavalier.

M. Bertol et son fils restèrent à diner au
château.

Pendant que les deux vieillards s'entrete-
naient des nouvelles de la ville et parlaient
politique, Charles entama la conversation avec
Jeanne et acheva de la séduire par le brio de
son esprit, — un peu superficiel peut-être pour
toute autre personne qu'une jeune fille, — par
le charme de sa parole facile, et les compliments qu'il ne cessa de lui adresser.

Il lui parla de Paris qu'elle ne connaissait
pas encore, lui raconta quelques épisodes de
sa vie d'étudiant, et lui fit part de ses projets
d'avenir.

Puis, la questionnant discrètement, il l'amena
à raconter à son tour la vie calme et tranquille
qu'elle menait au château, où ne venaient que

de bien rares visiteurs ; il comprit sans peine
qu'elle s'ennuyait dans ce vieux manoir, et
n'aspirait qu'à une existence moins triste,
surtout moins monotone.

Vers la fin du dîner, M. de Kernéis, qui semblait avoir oublié ses préventions à l'égard de
Charles, l'interrogea sur ce qu'il comptait faire
à Lorient, et lui posa quelques questions sur
le rôle et les devoirs de l'avocat.

Mis en verve par la conversation qu'il venait
d'avoir avec Jeanne, le jeune homme répondit
avec une justesse, une clarté et une élégance
de termes qui frappèrent le vieux magistrat.

— Mon cher Bertol, dit-il, votre fils ne peut
manquer de réussir : il a tout ce qu'il faut pour
faire un bon avocat.

Charles sortit du château amoureux fou de
Jeanne.

La vue de cette jeune fille, si belle, si can-
dide, avait été pour lui une révélation.

Jusqu'alors, il ne s'était guère trouvé qu'auprès de femmes vénales pour lesquelles il avait
à peine éprouvé, parfois, un certain entraî-
nement.

Maintenant, ce qu'il ressentait, c'était l'amour
avec tous ses transports, ses désirs, ses angoisses : amour des sens, sans doute, mais qui

n'en devait être par là-même que plus vivace, tant, du moins, qu'il demeurerait inassouvi.

Avec son tempérament violent et passionné, ce sentiment ne pouvait manquer de s'emparer despotiquement de tout son être, et, trop habitué à satisfaire ses moindres caprices pour songer à temporiser, il se promit de ne rien épargner pour arriver au plus vite à la possession de M<sup>lle</sup> de Kernéis.

## III

La première idée, la plus naturelle, qui se présenta à l'esprit du jeune Bertol fut de demander la main de Jeanne. Il repoussa cette simple entrée en matière comme impraticable. Il avait le bon esprit de ne se faire aucune illusion sur les difficultés à surmonter pour obtenir de M. de Kernéis son consentement à cette union.

Tout d'abord, le nom même qu'il portait devait être un obstacle sérieux : l'ancien magistrat, imbus des orgueilleux préjugés de sa race, voudrait-il donner sa fille à un roturier ?

Ensuite sa position de fortune, comme celle de son père, n'était rien moins que brillante.

M. Bertol, lorsqu'il s'était marié, ne possédait absolument rien ; la veuve du comte de Valmont lui avait, il est vrai, apporté une belle dot ; mais l'ancien lieutenant de vaisseau s'était permis, nous le savons, d'en dissiper une bonne partie, de sorte qu'à la mort de sa femme, toute cette fortune se trouvait considérablement réduite.

Bien plus, M. Bertol serait même tombé dans un état voisin de la gêne, si Henri, le fils du comte de Valmont, déjà en possession des biens considérables laissés par son père, n'eût pas renoncé à réclamer la part qui lui revenait dans la succession de M^me Bertol.

Cet acte de générosité était d'autant plus méritoire, de la part d'Henri de Valmont, qu'il n'avait jamais éprouvé beaucoup de sympathie pour le second mari de sa mère. A dater de la mort de celle-ci, il n'eut plus, d'ailleurs, que très peu de relations avec M. Bertol, car ayant choisi comme carrière le commissariat de la marine, il était presque toujours retenu loin de France pour son service et ne faisait à Lorient que de brèves et rares apparitions.

Il venait précisément de partir pour l'Inde, où il avait été nommé à un poste important, lorsque Charles revint de Paris.

Le jeune avocat ne regretta que médiocrement l'absence de son frère, à qui, dans son for intérieur, il reprochait d'être riche, alors que lui se trouvait réduit à la portion congrue.

Lorsque Charles s'ouvrit à son père de ses projets de mariage, l'ancien officier de marine le traita d'insensé et de visionnaire; cependant comme il aimait beaucoup son fils, malgré les chagrins que celui-ci lui avait causés, et étant incapable de lui rien refuser, il consentit à faire des démarches qu'il considérait, d'ailleurs, comme à peu près inutiles.

Peut-être néanmoins eut-il réussi, en usant de grands ménagements, dans sa mission délicate auprès de M. de Kernéis, mais la mort ne lui laissa pas le temps d'agir.

Un jour, en pleine rue, il tomba foudroyé par une attaque d'apoplexie.

Charles ressentit d'abord une douleur sincère de la mort de son père, qui avait toujours montré pour lui une affection allant jusqu'à la faiblesse.

Ce chagrin toutefois ne lui fit pas oublier son amour pour Jeanne.

Il commença par liquider la situation que lui avait laissée son père, et ce ne fut pas long. Toutes les charges de la succession

payées, il ne restait à Charles qu'une quarantaine de mille francs avec la maison où il
habitait. C'était médiocre ; avec ce petit pé-
cule, il pouvait pourtant, en travaillant et en
exerçant sérieusement sa profession d'avocat,
arriver à se créer à Lorient une situation con-
venable.

Certes, la carrière du barreau semblait peu
compatible avec ses goûts de grand seigneur
et ses instincts d'aventurier. Il prenait cette
carrière faute de mieux, n'ayant pas à choisir,
et se disait qu'après tout ce seul moyen se
présentait à lui, pour arriver à la réalisation
de ses désirs, c'est-à-dire à obtenir la main de
Jeanne.

Il n'avait pas en effet abandonné ses projets ;
et, puisque son père n'était plus là, il se décida, avec l'audace et la résolution qui étaient
les traits saillants de son caractère, à faire
lui-même des ouvertures à ce sujet à M. de
Kernéis.

Tout d'abord, il s'était demandé s'il ne devait pas écrire à Jean pour réclamer son appui
en cette circonstance difficile. Mais à quoi
bon ? Il avait réfléchi qu'au cas même où son
ami consentirait à favoriser ses desseins, son
éloignement l'empêcherait d'avoir une in-

fluence quelconque sur l'esprit entier de
M. de Kernéis.

D'ailleurs, rien qu'à la pensée des retards
qu'entraîneraient tous ces pourparlers, il fré-
missait d'impatience. C'était une de ces natures
qui n'attendent pas, qui préfèrent la non-réus-
site au doute.

Puis, il ne manquait pas d'une certaine confiance en lui-même, et se croyait assez bon
plaideur pour ne pas charger les autres de
faire ses affaires.

Par une belle après-midi du mois d'août,
Charles Bertol se rendit donc au château de
Kernéis.

Il n'avait pas revu l'ancien magistrat depuis
le jour de l'enterrement de son père, auquel
M. de Kernéis était venu assister.

C'était même lui qui avait accompagné
Charles pendant toute la durée du funèbre tra-
jet, lui prodiguant toutes les consolations et
de vives marques d'intérêt.

Le jeune homme tirait de cette circonstance
un favorable augure pour la réussite de ses
desseins, et ce fut le sourire aux lèvres et
l'espoir au cœur qu'il se fit annoncer à
M. de Kernéis.

D'abord, il eut à répondre à toutes les ques

tions que lui posa le vieux noble sur sa position actuelle.

Il ne lui cacha pas l'état dans lequel il avait trouvé la succession de son père, et annonça son intention arrêtée de se faire une situation dans le barreau. Puis, après un préambule assez adroit, il arriva à parler du but de sa visite.

Aux premiers mots, M. de Kernéis l'arrêta net, lui disant, d'un ton glacial, qu'il devait abandonner ce projet.

Charles insista, priant, suppliant le père de Jeanne, au nom de l'amitié qui l'avait uni à son père.

Tout fut inutile. M. de Kernéis restait inflexible, et même à la fin, furieux de cette insistance, il le congédia brutalement, en le priant de ne jamais reparaître devant lui.

Le jeune Bertol sortait du château, désespéré, lorsqu'en tournant la tête pour jeter un regard de haine sur le manoir où il venait de recevoir un tel affront, il crut apercevoir l'ombre de Jeanne à l'une des fenêtres.

Charles regarda mieux.

Au mouvement qu'il fit, la silhouette se rejeta vivement en arrière, comme si M¹¹ᵉ de Kernéis avait honte de rencontrer le regard du jeune homme ; mais, avant qu'elle eût disparu,

Charles avait pu voir qu'il ne s'était pas abusé et que Jeanne pleurait.

Ces larmes firent tomber sa colère.

Elles étaient comme une réparation accordée à son orgueil.

Lorsqu'il remonta dans la voiture de louage dont il s'était servi pour venir au château, le jeune homme avait reconquis toute sa liberté d'esprit. Chemin faisant, il réfléchit longuement sur le parti auquel il devait s'arrêter.

En rentrant chez lui, sa résolution était déjà prise, résolution inébranlable, à laquelle il ne devait jamais renoncer, et son visage avait repris l'air tranquille d'un homme satisfait.

Quelle était cette résolution ?

C'est ce que nous allons bientôt savoir.

## IV

Un mois plus tard, M<sup>lle</sup> de Kernéis se pro-
menait à pas lents dans l'allée des grands
marronniers, confidents de ses pensées, plus
mélancoliques encore depuis que le chagrin
d'un amour contrarié était venu s'abattre sur
son jeune cœur.

La nuit commençait à étendre sur la terre
son voile noir, tout humide du brouillard du
fleuve ; le paysage déjà sombre dans ce coin
de la Bretagne, prenait par cette soirée d'automne un aspect presque funèbre, dont une

nature, même moins sensible que celle de Jeanne, eût ressenti l'influence.

La jeune fille se laissait aller à sa triste rêverie.

Subitement, elle entendit comme un bruissement dans un des massifs qui bordaient l'allée. Elle tourna la tête et vit avec effroi un homme qui surgissait du milieu des branchages.

Peut-être allait-elle crier, quand, dans l'apparition, elle reconnut Charles Bertol.

Le jeune homme s'avança vers Jeanne et, sans dire un mot, se jeta à genoux devant elle.

On ne saurait dire quel sentiment agitait la jeune fille : la pudeur offensée, l'amour, la crainte se disputaient tour à tour son cœur.

— Relevez-vous, monsieur, dit-elle enfin, et éloignez-vous. Comment avez-vous osé entrer ici après la défense formelle de mon père ?

— Votre père, répondit Charles en se relevant lentement, m'a interdit de revenir au château, c'est vrai, mademoiselle : m'avez-vous donc aussi défendu de vous revoir.

— Je ne puis avoir d'autre volonté que celle de mon père.

— Même si cette volonté devait me rendre éternellement malheureux ! s'écria Charles.

— Oh monsieur ! murmura la jeune fille, vous m'aurez bientôt oubliée, et, ajouta-t-elle d'un ton plus sérieux vous ne devez plus penser à moi.

— Moi, mademoiselle !... Non, je ne vous oublierai jamais, car... je vous aime.

Jeanne troublée fit un geste suppliant, comme pour interrompre le jeune homme ; mais lui, s'animant, continua :

— Oui, je vous aime, et l'autre jour, après la cruelle réponse de votre père, je serais certainement mort de désespoir, si vous ne m'aviez laissé voir que vous ne l'approuviez pas.

— Hélas ! répondit Jeanne, montrant malgré elle l'émotion que lui causait ce souvenir, mon père a été bien dur pour vous, mais vous le savez, je ne suis pas libre, je ne puis que vous plaindre...

Et plus bas, avec un soupir, elle ajouta :

— Et que pleurer !

— Vous m'aimez donc ! s'écria-t-il avec passion en prenant les mains de la jeune fille qui ne songea pas à les retirer.

M$^{lle}$ de Kernéis inclina la tête sans répondre. Son silence même était un aveu.

Ils restèrent ainsi quelque temps, les mains dans les mains, se regardant avec tristesse.

— Ecoutez, Jeanne ! dit enfin Bertol. Voulez-vous fuir avec moi ?

— Fuir... répéta-t-elle, se redressant à ce mot.

— Oui... Voici ce que je vous propose. Je viens de réaliser toute la fortune de mon père, avec l'intention d'aller m'établir en Amérique ; eh bien ! voulez-vous me suivre là-bas ?... Au nouveau monde, notre amour n'aura à subir aucune contrainte. Je suis jeune et fort ; j'assurerai notre existence par mon travail, et nous vivrons heureux.

— Non, dit fermement M<sup>lle</sup> de Kernéis, non, je ne puis accepter. Que dirait mon père ? il en mourrai peut-être. Que penserait-on de moi dans le pays ?... Je n'oublie pas, ajouta-t-elle avec un certain accent de fierté que je suis une Kernéis !

Charles baissa la tête, rageant de retrouver en elle cet orgueil de caste.

— Alors, fit-il tristement, je ne dois plus conserver aucun espoir : il ne me reste que le choix entre l'exil et la mort.

Jeanne frissonna. Bertol avait prononcé ces derniers mots presque à voix basse et sur un ton tragique. Des larmes vinrent mouiller les longs cils de la jeune fille.

Ils demeurèrent quelques minutes silencieux, comme accablés sous le poids de la fatalité qui semblait leur interdire tout espoir.

Tout à coup, Charles releva la tête ; un éclair singulier brillait dans son regard ; il paraissait comme illuminé par le reflet d'une pensée intérieure, d'une inspiration sondaine.

— Vous ne pouvez pas fuir avec moi, dit-il; vous ne pouvez pas lutter contre la volonté de votre père : eh bien! cette volonté, **je la forcerai** à céder.

— Comment ! que voulez-vous dire ?

— Je vais partir pour l'Amérique ; là, j'arriverai à la fortune, j'amasserai des millions, et quand je reviendrai, riche, puissant, considéré, M. de Kernéis ne refusera pas de donner la main de sa fille à M. Bertol, toujours roturier sans doute, mais possédant la seule noblesse dont on s'honore aujourd'hui, l'argent !

Jeanne l'écoutait, inquiète et étonnée du ton déclamatoire dont il venait de prononcer ces paroles.

— Voulez-vous, continua-t-il en se penchant

vers la jeune fille, voulez-vous me promettre de m'attendre cinq ans ? Ce temps expiré, si je ne suis pas de retour, c'est qu'en Amérique j'aurai trouvé la mort au lieu de la fortune, et alors vous serez libre.

— Je vous le promets de grand cœur, répondit-elle sans hésiter ; et même cette promesse était inutile, car, si je ne puis unir ma vie à la vôtre, je ne me marierai jamais.

Un éclair de joie brilla, à ces mots, dans les yeux de Bertol qui, se penchant vers sa compagne, lui effleura rapidement le front de ses lèvres.

Elle tressaillit à ce contact.

— Partez, dit-elle, il y a trop longtemps déjà que vous êtes ici, et, si l'on me voyait avec vous, je serai perdue... Ayez confiance, je prierai le ciel pour vous.

— Adieu donc, Jeanne ! n'oubliez pas votre promesse : dans cinq ans je reviendrai, et nous pourrons être heureux !

Sur ces mots, il s'éloigna, non sans retourner fréquemment la tête, et il sortit du château par le même chemin qu'il avait pris pour y entrer, c'est-à-dire en passant par le mur du parc.

Trois jours après, il s'embarquait à Nantes

sur le trois-mâts l'*Etoile*, à destination de la Nouvelle-Orléans.

Il s'embarquait sans tristesse, confiant dans l'avenir. Jeanne l'aimait, il en était sûr maintenant. Il ne s'agissait plus pour lui que de la conquérir.

———

## V

En abandonnant le barreau et en quittant
la France, Charles Bertol avait l'intention
d'employer les quelques capitaux dont il dis-
posait à la fondation d'une maison d'exporta-
tion. Dans ce but, il s'était ménagé des relations avec plusieurs négociants de Nantes,
de Bordeaux et du Havre. Pour le reste, il
comptait sur son activité, son intelligence et
sa bonne étoile.

Dès son arrivée à la Nouvelle-Orléans, il
loua des magasins, acheta des marchandises,
et bientôt fut en mesure de faire une première
expédition aux maisons avec lesquelles il
s'était entendu avant son départ. Tout sembla
donc marcher à souhait.

24.                                           3.

Mais il arriva que l'ancien avocat, peu au courant des combinaisons commerciales, commit de graves imprudences et fut trompé par les intermédiaires dont il se servait. On lui fit acheter bien au-dessus du cours, et il fut forcé, lui, de revendre à perte. Pour comble de malheur, un bâtiment sur lequel il avait des marchandises se perdit corps et biens en vue des côtes de France.

Bref, un an après son arrivée en Amérique, il ne lui restait rien ou presque rien de son modeste avoir.

Il se trouvait, par suite, dans une situation des plus critiques, lorsqu'il fit une rencontre qui devait exercer sur le reste de son existence une influence aussi considérable que funeste.

Un jour, c'était peu de temps après avoir appris le naufrage du navire qu'il avait affrété, Bertol sortit de la ville pour aller errer dans la campagne. Le jeune homme se sentait gagner par le désespoir ! Les rêves d'amour, de richesse et de bonheur, qu'il avait jusque-là caressés, s'évanouissaient comme des ombres insaisissables au premier rayon de soleil. Le souvenir de Jeanne de Kernéis, de sa bien-aimée, qui occupait toutes ses pensées, l'obsédait maintenant, devenait une **sorte de** cauchemar. Nouveau Tantale, il voyait s'éloigner de lui, sans pouvoir la saisir, la coupe enchantée où il avait cru tremper ses lèvres avides. Des idées étranges se heurtaient dans son cerveau. La mort lui apparaissait comme le seul remède à sa douleur, et il tourmentait fièvreusement la crosse du pistolet qu'il portait à la ceinture.

Autour de lui, la végétation tropicale étalait son luxe de verdure et son exubérance de sève. Les mimosas, les nezquites, les lentisques entrelaçaient leurs branches dans un fouillis inextricable. De longues lianes, s'enroulant autour des sassafras et des acajous, semblaient de monstrueux serpents tentant d'étouffer leur proie. Des peupliers d'une hauteur incalculable menaçaient le ciel de leur cime orgueilleuse, tandis qu'au pied de ces géants du règne végétal, des cactus tordaient, comme des nains aux membres difformes, leurs tiges grasses, hérissées de verrues et d'épines.

Partout des arbres et des fleurs, du milieu desquels s'élevaient des chants d'oiseaux, des bourdonnements d'insectes et, de temps à autre, des cris de fauves.

C'était la vie large, sans frein, sans entrave,

telle qu'elle devait être aux premiers âges du monde.

Puis, à côté de cette nature vierge, qui avait conservé toute sa beauté primitive, de vastes plantations de cannes à sucre et de cotonniers montraient les efforts de l'homme ayant engagé la lutte contre elle, et l'ayant déjà à moitié vaincue.

Charles Bertol allait au hasard, tantôt s'enfonçant dans les sentiers ombreux des bois, tantôt foulant aux pieds l'herbe des prairies, ou gravissant les pentes rocailleuses des côteaux.

Le mouvement calmait peu à peu la fièvre intense qui s'était emparée de lui.

Il marchait ainsi depuis plusieurs heures, lorsqu'il fut tiré de ses amères réflexions par des aboiements furieux qui éclatèrent à quelques pas de lui.

Machinalement il leva la tête et aperçut, sur le bord d'un champ de cannes sucre, à deux énormes chiens, au pelage gris de fer et à l'aspect féroce, qui poursuivaient un nègre de haute taille.

Les chiens de la race de ces dogues allemands qui, plus tard, devaient jouer un si terrible rôle dans la guerre de sécession des Etats-

Unis, n'étaient plus qu'à une courte distance du nègre, et celui-ci allait infailliblement devenir leur proie.

Bertol n'avait pas encore ressenti l'influence des idées américaines au sujet des hommes de couleur, et, pour lui, un nègre était un homme. Aussi, à cette vue, eut-il un sentiment d'humanité bien naturel chez un Français. Il courut à la rencontre des chiens, et, au moment où ils allaient se précipiter sur le nègre, il déchargea sur eux les deux coups de son pistolet. Les deux terribles animaux roulèrent sur le sol.

En entendant les coups de feu, le nègre s'était arrêté, et, comprenant qu'il était hors de danger, vint se jeter aux pieds de son sauveur, en lui saisissant les mains avec force.

— Relève-toi, lui dit Charles.

Le nègre obéit, et Bertol put alors l'examiner à son aise.

C'était un homme d'une trentaine d'années environ, d'une carrure athlétique, et dont la vigueur devait être extraordinaire. Ses traits bien dessinés ne manquaient pas d'une certaine beauté sauvage, dans sa physionomie on lisait un singulier mélange d'audace, d'intelligence et de brutalité. Certes, ce ne pouvait être là un de ces êtres misérables, issus d'une race abrutie par le fouet et par un esclavage de plusieurs siècles.

— Vrai Dieu ! Quel homme ! s'écria Bertol.

— Je suis fils de roi ! répondit le noir avec fierté.

Charles fut frappé d'étonnement en entendant ce nègre s'exprimer en français correctement et presque sans accent.

— Tu parles donc français ? lui dit-il.

— Oui, maître: mon père était l'allié et l'ami du gouverneur français du Sénégal, où j'ai passé une partie de mon enfance... Je n'étais pas esclave alors, ajouta-t-il sourdement, et le gouverneur me traitait presque comme son fils.

— Et comment es-tu venu en Amérique ?

— Oh ! ce n'est pas de mon plein gré, croyez-le, que j'ai quitté mon pays !

— Raconte-moi donc ton histoire, dit Bertol, auquel la scène précédente avait fait oublier sa situation personnelle.

— La voici en peu de mots, maître. Lorsque je suis retourné dans mon pays, à la mort de mon père pour lui succéder comme roi, je trouvai un usurpateur installé à ma place. Je réunis mes partisans et je l'attaquai. Malheureusement mon armée, moins nombreuse, essuya un échec, et je fus fait prisonnier. Je pensais que mon ennemi allait me mettre à mort, mais il aima mieux me vendre pour un bon prix à à un négrier américain. En arrivant à la Nouvelle-Orléans, je fus acheté par un planteur, et je me trouvais chez lui depuis six mois, lorsque...

Ici le nègre s'arrêta un instant, ne sachant s'il devait continuer.

— Eh bien ! fit Charles que cette histoire intéressait.

— Au fait ! s'écria le noir, pourquoi ne le dirais-je pas ?

Et il poursuivit avec un accent de colère :

— Hier soir, le planteur, qui m'avait attaché à son service personnel, revenait d'une promenade à cheval. Comme je m'approchais de lui pour l'aider à mettre pied à terre, sans motif aucun, il me frappa de sa cravache, tenez, là, au visage ! Qu'auriez-vous fait à ma place ! Moi, je me suis précipité sur lui, je l'ai pris à la gorge, et lorsque j'ai desserré les doigts...

— Achève !

— Il avait cessé de vivre !

Charles recula d'un pas.

— Je fus, continua le nègre sans paraître remarquer ce mouvement, immédiatement saisi,

garrotté et mis dans un cachot, en attendant
que l'on décidât du genre de supplice qui me
serait infligé. Dans la nuit, je réussis à m'éva-
der et je me sauvai à travers la campagne.
Mais on parvint à découvrir mes traces, et on
lança à ma poursuite ces deux chiens qui
allaient me dévorer, lorsque vous êtes sur-
venu si à propos.

— Tu as tué ton maître, dit Bertol après
réflexion, cela n'est pas pardonnable pour
beaucoup d'hommes... Après tout, moi, je
t'excuse. Je n'admets pas, en effet, les idées
de ce pays à l'égard de la race noire. Pour
moi, un nègre n'est pas une chose, une bête de
somme, dont on peut user à sa guise. C'est un
homme qui a les mêmes droits qu'un blanc,
et l'acte que tu as commis, quoique répréhen-
sible, prouve que tu as du cœur... A propos,
quel est ton nom ?

— Je m'appelle Zango.

— Eh bien ! Zango, que comptes-tu faire,
maintenant ?

— Maître, vous m'avez sauvé d'une mort
horrible, ma vie maintenant vous appartient,
et je vous suivrai partout avec le dévouement
d'un chien.

Il prononça ces mots avec un accent de

sincérité auquel il était impossible de se méprendre.

Charles allait répondre, lorsque de grands cris se firent entendre à peu de distance, en même temps que les hautes tiges des cannes à sucre s'agitaient comme au passage d'une troupe nombreuse.

— Qu'est-ce donc ? demanda Charles, en remarquant l'inquiétude du nègre.

— Ce sont les gens du planteur qui me poursuivent ; si je reste ici, je suis perdu.

— Alors ! fuyons. Je ne tiens pas non plus à me rencontrer avec eux.

Les deux hommes se mirent à courir dans la direction d'un bois d'arbres du Pérou, qui se trouvait non loin d'eux. Ils l'atteignirent bientôt et s'enfoncèrent sous le couvert en faisant de fréquents détours pour dérober leurs traces aux poursuivants.

Lorsqu'ils se sentirent en sûreté, ils modérèrent leur allure, et Charles reprit alors la conversation interrompue.

— Tu m'as proposé tout à l'heure, dit-il au nègre, d'entrer à mon service ?

— Oui, maître, répondit le noir, et je vous supplie d'accepter mon offre.

— Mais, mon pauvre Zango, je n'ai pas

besoin de tes services, que veux-tu que je fasse de toi ?

— Vous ferez de moi ce qu'il vous plaira : ma vie vous appartient.

— Cependant, si je ne pouvais pas te nourrir ?

— Oh ! je me contenterais de ce que vous me donnerez... D'ailleurs, je saurai bien pourvoir seul à mon existence, et même à la vôtre, en même temps.

Charles ne répliqua pas : il réfléchissait. Au fait, il avait tout avantage à s'attacher cet homme, qui semblait lui être tout dévoué, et qui pouvait lui être fort utile dans la situation pénible où il se trouvait.

— Soit ! dit-il enfin, tu viendras avec moi, non pas comme esclave, en France nous n'admettons pas l'esclavage, mais comme simple serviteur.

Le nègre fit un bond de joie.

— Merci, maître, s'écria-t-il, je vous promets que vous ne vous repentirez pas de m'avoir accepté, et que vous serez content de moi.

Ce fut ainsi que Zango entra au service de Charles Bertol.

Quelques jours se passèrent. Le jeune

homme se sentait attiré vers le nègre par une sorte de sympathie étrange. Etait-ce parce qu'il lui avait sauvé la vie ? Etait-ce plutôt parce qu'il comprenait instinctivement que cet homme, dont les goûts et le caractère paraissaient si conformes aux siens, serait pour lui un puissant auxiliaire ?

L'un et l'autre, peut-être ; toujours est-il que bientôt il ne le considéra plus comme un serviteur, mais comme un ami.

Aussi, n'hésita-t-il pas à lui confier la position gênée dans laquelle il se trouvait ; puis, de confidence en confidence, lui dévoila tous les projets qu'il avait formés en venant en Amérique et lui raconta ses insuccès ainsi que ses déceptions.

Le nègre écouta attentivement ce récit. Lorsque le jeune homme eut terminé, il lui dit :

— Maître, jusqu'à présent vous avez été malheureux, mais la chance va tourner, n'en doutez pas, et vous réussirez.

— Oh ! soupira Bertol, je n'ai plus d'espoir, et maintenant je ne sais plus que faire.

— Vous réussirez, vous dis-je, foi de Zango !

— Et comment ?

— Cela me regarde.

— Toi !

— Oui, moi ! ne vous inquiétez de rien, ayez confiance ! Je vous dois la vie. En échange je vous donnerai la fortune et le bonheur !

Le nègre avait prononcé ces derniers mots sur un ton prophétique qui ne laissèrent pas que d'impressionner Charles Bertol en faisant naître en lui comme un vague espoir.

# VI

L'année 1849 fut marquée par un événement
dont les conséquences furent considérables, et
qui eut un immense retentissement dans le
monde entier. Nous voulons parler de la découverte des mines d'or de la Californie.

La nouvelle se répandit partout avec une
rapidité surprenante. On vit alors des milliers
d'hommes jeunes et intelligents, abandonnant
patrie et famille, s'élancer de tous les points du
globe vers cette nouvelle terre promise, où ils
croyaient n'avoir qu'à se baisser pour ra-
masser à pleines mains le précieux métal.

Hélas! la plupart d'entre eux ne devaient, au
lieu de la fortune, trouver au Nouveau-Monde
que la mort, après des souffrances et des
misères sans nombre.

Ce fut peu de temps après la conversation que nous venons de rapporter que l'histoire de la découverte des placers parvint à la Nouvelle-Orléans.

Charles en était à ses dernières ressources et ne se soutenait plus qu'à force d'expédients Il accueillit donc cette nouvelle avec la joie la plus vive.

— Allons ! dit il à Zango, voici qui va nous tirer d'affaire ! Nous n'avons qu'à nous embarquer pour San-Francisco, et nous reviendrons bientôt avec des millions.

— Croyez-vous, maître? répondit le noir d'un ton un peu railleur, croyez-vous que ce soit vraiment aussi facile ?

— Mais pourquoi non ! Si la nouvelle est exacte'on ne peut manquer de faire, en peu de temps, une fortune magnifique.

— Oui, maître, peut-être ; à la condition que ce ne soit pas de la façon que vous supposez.

— Comment ? que veux-tu dire ?

— Votre idée, n'est-ce pas, est d'aller tout simplement en Californie, de vous mettre à la recherche d'un gisement et de l'exploiter ?

— Mais sans doute, c'est le seul moyen, il me semble !

— Or, poursuivit Zango, voici ce qui arrivera... Et d'abord qui vous prouve que nous trouverons immédiatement le filon productif? On exagère peut-être la richessse des gisements aurifères ?

— Je l'admets ; cependant.

— Attendez, ce n'est pas tout. Supposez que nous ayons trouvé le filon désiré. Il faudra l'exploiter : savez-vous que c'est un métier bien pénible celui de mineur, et dont vous vous dégoûterez vite ; de plus, c'est un métier, que l'un et l'autre nous ignorons absolument.

—Nous en ferons travailler d'autres à notre place. Ce ne seront pas les bras qui manqueront là-bas.

— Parfaitement. C'est là que je voulais en venir. Ces gens que vous emploierez, un beau jour, fatigués de travailler au compte d'autrui, vous voleront votre or, après vous avoir assassiné. Belle perspective, n'est-ce pas ?

Charles fit une grimace involontaire.

—Tu as peut-être raison, dit-il. Il est évident que la Californie sera bientôt peuplée d'aventuriers sans foi, ni loi, qui ne reculeront devant rien... Que faire alors ?

Le nègre le regarda un instant, d'un air où une pitié ironique se mêlait à l'affection, puis il répondit :

— Que faire, demandez-vous ? Je vais vous le dire : il faut vous mettre au nombre de ces aventuriers dont vous venez de parler ; il faut comme eux ne reculer devant aucun moyen pour arriver au but ; mais il faut aussi vous servir de votre audace et de votre intelligence pour dominer tous ces ambitieux vulgaires et les faire servir à vos desseins !...

— Que veux-tu dire, malheureux ? interrompit Bertol qui ne voulait pas comprendre l'idée étrange que venait de lui soumettre Zango.

— Mon plan est bien simple. Nous enrôlerons, soit ici, soit à San-Francisco, une trentaine d'hommes résolus et sans scrupules. Vous vous mettrez à leur tête. Moi je serai votre lieutenant. Avec cette bande, nous parcourrons la Californie et le Mexique, récoltant l'or sans peine, puisque nous n'aurons qu'à le prendre dans les mains de ceux qui en auront, et si, au bout de deux ans, nous et tous ceux qui nous accompagneront, nous ne sommes pas possesseurs de plusieurs centaines de mille de dollars, je veux perdre mon nom !

Charles avait écouté, haletant, ces paroles.

— Oh ! fit-il, tu me proposes tout simplement d'être chef de bandits.

— Eh bien ! qu'est-ce que cela fait ? Si vous pouvez ainsi acquérir des richesses à rendre jaloux un roi.

L'autre hésitait; en lui se livrait un combat terrible, le suprême soupir de son honnêteté plus qu'à moitié morte.

— Croyez-moi, maître, reprit cyniquement le noir, les scrupules qui vous arrêtent, et qui tiennent à la fausse éducation que vous avez reçue en France, n'ont aucune raison d'être en Amérique. Vous l'avez bien vu par vous-même, puisque, jusqu'ici, ils n'ont servi qu'à vous faire tromper par les autres.

— C'est vrai ! murmura Bertol, qui, au fond, ne demandait qu'à se laisser convaincre.

— Ici, les mots de vertu, de probité, d'honneur, ne signifient rien. Personne n'y croit. Il n'y a, en Amérique, ni criminels, ni honnêtes gens ; il n'y a que des forts et des faibles, les seconds devant être inévitablement mangés par les premiers. Adoptez mon plan, et dans deux ans au plus, vous retournerez en France avec une fortune inouïe: alors vous épouserez celle que vous aimez !

Charles tressaillit, mais ne répondit pas.

Un monde de pensées roulaient dans son cerveau.

Enfin, il releva la tête.

— J'accepte ! fit-il, d'un ton résolu.

— Vous avez raison, maître ; laissez-là ces préjugés qui sont tout au plus bons dans votre pays, et marchez droit au but, sans vous inquiéter des moyens.

— Les moyens m'inquiètent pourtant : comment irons-nous à San-Francisco ? Il nous reste à peine quelques dollars, et il nous en faut beaucoup, non seulement pour faire le voyage, mais pour enrôler nos hommes.

— Bah ! qu'à cela ne tienne, je vous demande vingt-quatre heures pour nous procurer l'argent nécessaire.

— Et comment ?

— Laissez faire. Demain, nous aurons ce qu'il faudra.

Sur ce, il sortit, laissant Charles Bertol seul.

Le jeune homme réfléchit longuement à la nouvelle existence qui allait commencer pour lui. Certes, il n'était pas sans avoir encore quelques scrupules au sujet de l'étrange carrière qu'il allait embrasser ; par moment, la voix austère de la conscience s'élevait en lui et venait le faire tressaillir.

Mais ce n'était qu'un éclair, et le remords s'évanouissait devant les magnifiques horitons qu'entrevoyait son imagination troublée.

Ce que nous connaissons de son caractère et de sa vie explique suffisamment comment sa chute pouvait être aussi rapide. Il ne voyait qu'une chose : la satisfaction de ses passions, la réalisation d'un désir arrivé à la période aiguë de l'obsession. Tout autre sentiment était éteint dans son cœur.

D'ailleurs, il était dominé par l'ascendant bizarre qu'exerçait sur son esprit ce nègre, véritable démon du mal, qui l'avait fasciné par son intelligence étonnante, son audace et sa puissance de volonté.

Le lendemain, ainsi qu'il l'avait annoncé, Zango revint, et, en entrant, il jeta à terre un sac qui s'ouvrit en tombant et laissa échapper une cascade de pièces d'or.

Bertol demeurait atterré et ébloui.

—Où t'es-tu procuré tout cela ? demanda-t-il.

— Oh ! tout cela ! vingt mille dollars au plus ! Enfin, c'est suffisant pour couvrir les premiers frais de notre entreprise.

—Dis-moi, où les as-tu pris ?

— Vous voulez le savoir ? eh bien, c'est fort simple. J'ai tout simplement été les chercher chez mon ancien maître, le planteur, où j'étais certain de les trouver.

— Comment ! tu as eu l'audace d'y retourner ?

— Sans doute... Qu'y a-t-il d'étonnant à cela?

— Malheureux, si l'on t'avait vu !

— Oh ! je connaissais trop bien tous les coins de la maison pour me laisser prendre, et d'ailleurs j'étais armé.

En même temps il frappa sur deux pistolets et sur un long poignard qu'il portait à sa ceinture.

Charles fit d'abord quelques difficultés pour accepter l'argent que lui apportait Zango ; mais celui-ci eut promptement raison de ce dernier cri de conscience, de cette suprême révolte de l'honneur. Deux jours après, ils s'embarquaient tous deux sur un steamer à destination de San-Francisco.

Ils avaient résolu d'attendre jusqu'à leur arrivée dans cette ville pour recruter leur bande, pressés qu'ils étaient de fuir la Nouvelle-Orléans, où ils craignaient, non sans raison, d'être inquiétés par la justice, si débonnaire qu'elle fut à cette époque aux Etats-Unis.

———

# VII

San-Francisco, qui est actuellement le port
le plus important de l'Amérique du Nord, sur
l'Océan Pacifique, est une ville née d'hier.

Lorsque, par le traité de Guadalupe-Hidalgo,
signé le 2 février 1848, le Mexique céda la
Californie aux Etats-Unis, ce n'était qu'un pauvre village de quatre cent cinquante-neuf habi-
tants, composé d'environ cent cinquante cases
disséminées au hasard sur la plage, et construites
en bois, ou en *adobes*, briques séchées au soleil.
Il n'y avait ni rues, ni alignements, ni clôtures.
D'ailleurs le sol aride et sablonneux ne pro-
duisait rien ; l'eau même faisait défaut.

Jusqu'à la découverte des mines d'or, l'uni-

que commerce du village avait consisté dans
le trafic avec les navires baleiniers, qui venaient
y échanger leur huile contre des vivres frais,
et dans la vente des peaux de bœufs.

Brusquement, tout changea.

De tous les ports, sur toutes les mers, sous
tous les pavillons, des flottes entières se diri-
geaient vers ce point du globe, inconnu il y a
quelques mois, et dont le nom se trouvait
maintenant dans toutes les bouches. Sans re-
lâche, les navires se succédaient, débarquant
des flots d'émigrants, qui plantaient leurs
tentes sur ces dunes de sable. Beaucoup étaient
dénués de toutes ressources et s'employaient
au déchargement des navires, en attendant qu'à
force de travail et d'économie ils eussent
réuni les quelques piastres nécessaires pour
gagner les mines.

San-Francisco offrait l'aspect le plus étrange
Comme jadis autour de Babel, toutes les
langues s'y mêlaient en une clameur confuse.
Anglais, Américains, Français, Chinois, Mexicains, Allemands, Péruviens, Indiens, hommes
du Nord et hommes du Sud, blancs, noirs,
cuivrés, tous l'esprit tendu vers le même but,
enfiévrés par la même passion, se confondaient
en une gigantesque cohue. Les costumes les

plus bizarres donnaient à ce campement l'apparence d'un vaste champ de foire.

La plupart des nouveaux arrivants étaient des aventuriers, qu'un coup de tête, la curiosité de l'inconnu, la soif d'une vie mouvementée, un chagrin d'amour, une situation compromise avaient amenés sur cette plage lointaine, à la recherche de l'or.

Derrière cette avant-garde, apparaissait une autre catégorie d'émigrants, esprits plus métho diques et plus calculateurs. Ils suivaient le même courant, obéissaient à la même impulsion ; mais leur énergie froide et mieux contenue tendait au but par d'autres moyens. L'attrait de l'or ne les éblouissait pas. Oh ! que non ! Ils voyaient plus juste et plus loin.

Les premiers, ils se rendirent compte que l'or des *placers* ne pouvait manquer de venir à San-Francisco, que, dans cette anse sablonneuse, s'élèverait bientôt une ville importante, que là, et là seulement, les navires pouvaient aborder, que l'or ne suffit pas au mineur, qu'il lui faut aussi des vivres, des vêtements, des outils, et qu'il y avait plus à gagner à lui fournir tout cela, en échange de ses pépites, qu'à arracher soi-même cet or aux entrailles de la terre.

Ils furent les premiers à prévoir et à préparer l'avenir, à donner une valeur au sol, à construire des magasins et des maisons, à créer des comptoirs, à improviser des restaurants et des hôtels, à jeter les bases d'une organisation municipale.

Le jeu régnait en maître dans la ville. C'était l'unique distraction d'une population flottante, sans lieu de réunion, ne sachant ou passer ses soirées, ni comment employer ses heures de loisir. Du matin au soir et du soir au matin, on jouait sans interruption, perdant ou gagnant des sommes énormes. Les mineurs, venus de l'intérieur pour renouveler leurs approvisionnements, risquaient sur le tapis tout ce qui leur restait de poudre d'or.

C'était dans les maisons de jeu que l'on se donnait rendez-vous, que les négociants discutaient leurs affaires, que s'effectuaient les achats et les ventes de terrains, au milieu de la fumée des cigares et des pipes, des imprécations des joueurs, des altercations et des rixes.

On pourrait se figurer difficilement, sans les avoir vus, ces enfers de la vie californienne, ces croupiers armés jusqu'aux dents, ces révolvers posés sur la table, bien à portée de la

main, à côté des sacs de pépites, cet indes-
criptible mélange des costumes les plus dis-
parates.

Tel était San-Francisco vers le milieu de
l'année 1849, au moment où nous y condui-
sons le lecteur.

A cette époque, la rue Montgomery, qui
est actuellement une des principales artères de
la ville, n'était qu'une sorte de marais fangeux.
On n'y voyait aucune construction, si ce n'est
une vieille masure en *adobes*, dont son propriétaire, le *Sénor* José Perillo, avait fait un
cabaret qui était devenu promptement, grâce
à sa situation dans un quartier désert et cependant à proximité du centre, un des endroits
les plus mal famés de San-Francisco.

Il était environ onze heures du soir. Les
volets extérieurs de l'établissement étaient
fermés; néanmoins on pouvait voir, à la lumière filtrant entre les ais mal joints, qu'il y
avait encore, à l'intérieur, bon nombre de
clients.

En effet, une trentaine d'individus étaient
assis sur des bancs rangés autour d'une table
occupant le centre de la pièce, et devant laquelle se tenaient debout deux personnages de
haute taille.

L'un de ceux-ci parlait, et tous semblaient l'écouter avec intérêt.

Ces deux personnages, on l'a déjà deviné, n'étaient autres que Charles Bertol et Zango, et les individus assis autour d'eux étaient les gens dont ils se proposaient de composer leur bande. Pour les recruter, ils n'avaient eu que l'embarras du choix, au milieu de la foule d'aventuriers de toute espèce qui encombraient les rues de San-Francisco.

Il y avait des hommes de tous les pays, Anglais, Français, Espagnols, Italiens, Mexicains, des nègres affranchis ou déserteurs des plantations du sud, des Indiens de Calcutta, et enfin des Américains de tous les états de l'Union, de New-York et de Boston, du Missouri et de l'Ohio, sortis de partout, des fermes, des comptoirs, des maisons de banque, des campagnes et des villes, tous jeunes, vigoureux, hardis, d'ailleurs absolument dépourvus de sens moral, et prêts à tout entreprendre, à tout oser. Aussi semblaient-ils vivement goûter la harangue que leur adressait Bertol.

— Mes amis, disait-il, vous devez avoir à peu près deviné pourquoi je vous ai réunis ici... Tous, vous êtes venus dans ce pays avec l'es-

poir d'y faire rapidement une fortune, sans
grand travail. Vous avez pu voir combien
étaient exagérés les récits dont on vous avait
bercés ! Vous savez au bout de combien d'efforts, au prix de quelles fatigues il est possible
de réussir ! Et encore le succès n'est-il rien
moins que certain !... Le découragement s'est
déjà emparé de la plupart d'entre vous. Mais
que l'espoir renaisse en vos cœurs, amis ! Je
viens vous fournir les moyens d'amasser en
peu de temps d'incalculables richesses !

Les auditeurs redoublèrent d'attention.

— Vous n'êtes pas sans avoir entendu parler
des *Frères de la Côte*, cette association for-
midable qui, il y a deux siècles, devint si riche,
si puissante, et fit même trembler un instant
l'Espagne pour ses possessions d'Amérique...
Eh bien ! qui nous empêche de faire en petit
ce qu'ils firent en grand ? Qui nous empêche
de former, nous aussi, une association, dans le
but de rançonner les riches et de les dépouiller
de l'argent dont ils se sont emparés ? Sommes-
nous donc moins braves, moins déterminés
que les flibustiers du XIII<sup>e</sup> siècle ? Non ! n'est-
ce pas ?

« Ne nous laissons pas arrêter, par de vaines
délicatesses. Ici nous ne sommes pas dans la

vieille Europe. Ici, le seul Dieu, c'est l'or, qui doit appartenir au plus fort et au plus adroit.

« Seul, chacun de nous demeure impuissant. L'union fait la force ! L'association est un levier au moyen duquel il est possible d'exécuter les entreprises en apparence les plus irréalisables et de tourner les obstacles les plus grands.

« Voici donc ce que je vous propose :

« Nous formerons une société destinée à exploiter la Californie et les provinces voisines du Mexique. Tous les moyens nous seront bons pour nous procurer de l'or. Je serai, si vous acceptez, le chef de cette bande, et Zango sera mon lieutenant.

« Nous nous engagerons, par serment, à ne rien faire qui ne soit dans l'intérêt de tous, à nous aider et à nous soutenir les uns les autres, en toute circonstance et quoiqu'il arrive.

« Cet engagement sera valable pendant deux ans, au bout desquels nous pourrons le renouveler, si bon nous semble.

« Vous m'avez bien compris. Que ceux qui consentent viennent donner leur nom à Zango, qui leur comptera immédiatement à chacun 500 dollars, à titre de prime !

A ces mots des hurrahs éclatèrent de tous
côtés, des cris de « Vive le Capitaine » se firent
entendre.

Tous se levèrent et s'avancèrent vers la'
table.

— Un instant, mes amis, dit Charles Bertol
en les arrêtant du geste, je vais d'abord vous
lire le contrat qui doit nous lier et que nous
promettrons, sur notre tête, d'exécuter à la
lettre.

Il lut alors un acte rédigé en Français, en
Anglais et en Espagnol, et qui contenait les
statuts de la future société.

Cet acte lui donnait une autorité absolue,
même droit de vie et de mort, sur les hommes
qui allaient se placer sous ses ordres. Il lui
accordait, ainsi qu'à Zango, une portion considérable sur les bénéfices réalisés.

En un mot, Bertol réglait minutieusement
toutes les conditions de l'association. Pour lui,
il s'obligeait seulement à se dévouer entièrement à l'intérêt commun, et à ne jamais faillir
à la confiance que ses compagnons mettaient
en lui.

La lecture de l'acte terminée, les trente
hommes défilèrent successivement devant la
table, et Zango, après avoir inscrit leur nom

au bas de l'acte, leur remit à chacun la somme convenue.

Charles prit alors de nouveau la parole.

—Frères, dit-il, je me suis engagé à vous procurer de l'or à pleines mains ; je veux vous montrer, sans tarder, que ce n'est pas une vaine promesse. Vous connaissez tous William Brooke, ce banquier qui s'est établi récemment à San-Francisco, et chez lequel les mineurs viennent changer les lingots et les pépites qu'ils ont recueillis... Eh bien ! tout ce que possède ce banquier nous appartiendra demain. Demain soir, à onze heures, trouvez-vous ici, et je vous promets pour nos débuts, un véritable coup de maître.

Cette proposition fut couverte d'applaudissements enthousiastes.

—Buvons, maintenant, frères ! s'écria Bertol, buvons au succès de notre entreprise !

Le vin et l'eau-de-vie coulèrent à flots dans les verres, et les hommes ne se séparèrent qu'à l'aube, en se donnant rendez-vous pour le soir même.

## VIII

La maison qu'occupait le banquier William
Brooke était située sur la Plaza, c'est-à-dire
dans l'endroit le plus fréquenté de San-Francisco. C'était donc une entreprise hardie que
celle qu'avait proposée Charles à sa nouvelle
bande ; d'autant plus que la maison était bien
bâtie avec des portes solides et des fenêtres
défendues par des barreaux de fer.

Le jour suivant, Charles, toujours accom-
pagné de son fidèle noir, se présenta à la
Banque, en demandant à parler à M. William
Brooke lui-même.

Comme il était mis avec recherche et qu'il
avait grand air, il fut introduit sans difficulté
auprès du banquier, auquel il se donna comme

un gentilhomme français débarqué à San-Francisco. Il attendait, dit-il, une somme d'argent assez considérable qui devait lui être adressée par l'intermédiaire de la maison William Brooke, et il priait le banquier de le faire prévenir à son hôtel dès qu'il aurait reçu cette somme.

Le banquier répondit avec beaucoup de politesse qu'il s'empresserait de faire ce que son visiteur lui demandait. Puis Charles, après avoir remercié adroitement, changea la conversation et parla des dangers que pourrait courir le banquier, au milieu d'une population aussi mélangée qu'était celle de San-Francisco.

M. Brooke, sans défiance, lui indiqua alors les précautions qu'il avait prises en vue d'une attaque à main armée. Il lui fit même visiter ses bureaux.

C'était tout ce que voulait Charles.

Le soir même, il revint à la maison du banquier suivi de sa bande.

Guidés par leur chef, les hommes entrèrent un à un dans la cour.

Zango fit sauter la serrure de la petite porte et alluma une lanterne sourde.

Bientôt les bandits pénétraient dans la pièce où se trouvait le coffre-fort et se mettaient en devoir de le fracturer ; mais il résista d'abord à leurs tentatives, et ce ne fut qu'au bout d'un quart d'heure qu'ils parvinrent à l'ouvrir.

Déjà, ils prenaient l'or à pleines mains, quand tout à coup une vive clarté vint les éblouir, et William Brooke, suivi de ses domestiques, fit irruption dans la pièce.

Le banquier tenait à la main un pistolet qu'il dirigea aussitôt sur Charles, qu'il avait reconnu. Celui-ci n'eut que le temps de se baisser. La balle, passant par dessus sa tête, alla frapper au front l'un des bandits, qui tomba.

Bertol se redressa aussitôt. Bondissant sur le banquier, il lui enfonça un poignard en pleine poitrine et l'étendit à ses pieds, pendant que ses compagnons, remis de leur surprise, se ruaient sur les domestiques, qui d'ailleurs n'étaient pas en nombre, et en faisaient un épouvantable massacre. Puis les bandits, s'étant emparés de tout le contenu du coffre-fort, sortirent rapidement et coururent porter leur butin chez le digne cabaretier José Perillo.

Ils avaient trouvé chez William Brooke, tant en or brut qu'en argent monnayé, près de deux cent mille dollars.

24.

Mis en goût par ce premier et lucratif coup de main, ils en préparèrent d'autres, et à plusieurs reprises, dévalisèrent des magasins où ils savaient trouver de l'argent ou des marchandises d'un transport facile.

Ils ne s'arrêtèrent pas là et s'abouchèrent avec d'autres bandes de gens sans aveu, qui affluaient à San-Francisco, la plupart expulsés des mines pour quelques crimes.

Promptement tous ces scélérats se concertèrent, et l'on assista au singulier spectacle d'une organisation de malfaiteurs opérant au grand jour, ayant leur chef et leur quartier général, paradant par la ville, musique en tête et bannières déployées. Ils se désignaient eux-mêmes sous le nom de Hounds (limiers). Leur audace ne connaissait plus de bornes. Ils allèrent même jusqu'à piller et incendier, un certain dimanche, un quartier entier habité par des Chiliens (1).

Charles, connu de ses compagnons sous le nom de capitaine Brick, avait refusé d'être le président de cette étrange association, pensant bien que, tôt ou tard, cet honneur pourrait devenir dangereux.

(1) Historique.

Bientôt, en effet, en l'absence de toute police
et de toute autorité, quelques hommes résolus
entreprirent de résister aux bandits. Ils convo-
quèrent toute la population à un *meeting d'in-
dignation*, et plusieurs chefs des *Hounds* furent
saisis, condamnés séance tenante par des juges
Lynch et pendus sur la Plaza.

Charles et Zango, craignant pour eux le
même sort, s'empressèrent de réunir leurs
hommes et de quitter San-Francisco, en se
dirigeant vers l'intérieur du pays, où ils continuèrent le cours de leurs méfaits.

Il n'entre pas dans notre cadre de raconter
les crimes de toutes sortes qu'ils commirent.

Pendant deux ans, cette bande parcourut la
campagne, pillant les fermes et les placers, dé-
pouillant les mineurs et mettant à mort tous
ceux qui leur résistaient.

Les hommes du capitaine Brick devinrent
en peu de temps la terreur de toute la con-
trée ; pour augmenter l'effroi qu'ils inspiraient,
ils avaient pris l'habitude d'attacher leurs
victimes à des arbres et de les mutiler.

La justice qui commençait alors à s'organi-
ser en Californie essaya bien de se saisir de ces
brigands ; mais tous les efforts tentés dans ce
but restèrent inutiles. A plusieurs reprises, des

troupes furent envoyées contre eux. Mais il arrivait, ou bien que ces troupes, trop peu nombreuses, tombaient dans les pièges que leur tendaient les bandits et étaient massacrées, ou bien qu'elles s'en revenaient après avoir vainement cherché ceux qu'elles poursuivaient.

Bertol, en effet, lorsqu'il se voyait serré de trop près, se réfugiait sur le territoire mexicain, où tout en continuant ses déprédations, il attendait le moment favorable pour rentrer en Californie, son quartier général.

IX

Dans un des sites les plus délicieux de la So-
nora, non loin de la frontière américaine,
s'élevait *l'hacienda* de Las Rosas, habitée par
don Manuel de Pajaro et sa fille unique Anita.

Don Manuel était un des plus riches propriétaires du Mexique. Outre l'hacienda de
Las Rosas, dont il avait fait sa résidence ha-
bituelle, il en possédait une dizaine d'autres,
dont la plus petite avait presque autant d'étendue qu'un département français. Plusieurs
mines, toutes en exploitation, lui appartenaient
également.

Bref, s'il avait pris un jour fantaisie à
Don Manuel de liquider sa fortune, il aurait

certainement réalisé une centaine de millions.

Au moment où nous faisons pénétrer le lecteur dans l'hacienda, le riche Mexicain était absent depuis quelques jours. Il lui avait fallu visiter une de ses mines, dont il voulait changer le mode d'exploitation, laissant sa fille Anita seule avec quelques domestiques.

C'était dans l'après-midi, à l'heure où le soleil des tropiques darde sur le sol ses rayons incandescents, et où tout ce qui vit, vaincu par la chaleur, s'endort d'un lourd sommeil.

Anita de Pajaro, couchée sur un canapé dans le salon, se laissait aller aux douceurs de la sieste.

Agée de dix-huit ans au plus, la fille de Manuel, avec sa taille souple et cambrée, ses grands yeux noirs, voilés de longs cils, son teint légèrement doré par le soleil d'Amérique, offrait un type merveilleux de beauté créole.

De toute sa personne s'exhalait un charme enivrant et voluptueux.

Comme toutes les Mexicaines, dans l'intérieur de leur maison, elle ne portait qu'une légère robe de mousseline, dont la transparence laissait deviner la fraicheur délicate et ambrée de ses bras et de ses épaules, et ses cheveux, d'un noir bleuâtre, étaient ornés d'une multitude de fleurs de jasmin, qui répandaient un parfum pénétrant.

Anita, mollement étendue sous le ventilateur à balancier, venait de s'assoupir, et le silence qui régnait dans l'appartement n'était troublé que par le bruit de la respiration qui soulevait, à intervalles réguliers, le sein de la jeune fille.

Elle fut tirée de sa somnolence, par un coup sec, frappé à la porte de la chambre.

A ce bruit, elle se redressa vivement, écoutant et croyant s'être trompée.

Mais un second coup retentit plus fort, et presque aussitôt la porte s'ouvrit, laissant paraître sur le seuil un homme vêtu à la mode mexicaine, d'une veste courte, aux boutons d'argent, et coiffé d'un large *sombrero*.

Elle se leva d'un bond.

— Qui êtes-vous ? Que voulez-vous ? s'écria-t-elle d'une voix où il y avait plus d'irritation que de frayeur.

Mais sa colère tomba quand elle eût remarqué que le visiteur était un beau cavalier, aux manières élégantes, à la mine fière et énergique.

— Mademoiselle, dit celui-ci en s'avançant

hardiment, je vous demande pardon de me présenter à vous d'une façon aussi inopinée. Ayant
trouvé une grille ouverte, je suis entré, et j'ai
frappé à la première porte qui s'est offerte à
moi... Voici en deux mots ce qui m'amène :

« Je suis le chef d'une troupe de chasseurs
de tigres, qui est venue jusqu'ici après une
course longue et fatigante, et j'ai l'honneur de
vous demander humblement, pour eux et pour
moi, l'hospitalité jusqu'à demain matin.

Charles Bertol — car c'était lui — avait débité
cette histoire avec un imperturbable aplomb.
En réalité, il était venu à l'hacienda, avec sa
bande, dans l'intention de la piller.

Ayant appris, par un domestique, que le
maître était absent et que la maison n'était habitée que par une jeune fille, il s'était dit qu'il
aurait facilement raison d'une femme et que,
par les menaces, il obtiendrait d'elle ce qu'il
voudrait, sans avoir besoin d'employer la violence.

Maintenant, la beauté d'Anita venait de modifier le cours de ses idées. Il avait senti ses
désirs s'éveiller devant les charmes de la jeune
Mexicaine ; puis tout un nouveau plan, que
nous connaîtrons bientôt, venait, quoique
vague encore, de s'échafauder dans son esprit.

Ce fut donc d'une voix caressante qu'il continua :

— Puis-je espérer, mademoiselle, que ma requête sera accueillie ?

Jusqu'ici Charles s'était exprimé en espagnol. Il ne fut pas peu surpris d'entendre la jeune fille lui dire dans la plus pure langue de Voltaire :

— Vous êtes Français, n'est-ce pas, monsieur ? Je m'en aperçois à votre accent.

— Oui, en effet, répondit-il, je suis français... Mais vous, mademoiselle ?...

— Oh ! moi ! je suis Mexicaine ; seulement j'ai été élevée à Paris, et il n'y a que deux ans que je suis revenue au Mexique.

— Alors, mademoiselle, nous sommes presque compatriotes : je n'en suis que plus charmé de vous avoir rencontrée... Au fait, permettez-moi de me présenter moi-même : je suis le marquis Charles de Saint-Pol.

Ce nom acheva de gagner la confiance d'Anita, qui ne fit aucune difficulté pour accorder à l'aventurier l'autorisation qu'il demandait, pour lui et ses hommes, de rester à l'hacienda jusqu'au lendemain.

Charles alla faire part de ses dispositions à son lieutenant.

— Allons, capitaine, dit Zango, toujours galant ! Les femmes vous perdront !

Puis il ajouta :

— Bah ! je me charge de mettre les récalcitrants à la raison ; du reste, tu leur diras que, dans quelques jours, ils auront l'occasion de se dédommager amplement.

Charles passa toute la soirée en tête-à-tête avec Anita. Il employa toutes les ressources de son esprit et de son imagination à séduire la jeune fille.

Il y réussit pleinement.

Aussi, le lendemain matin, lorsqu'il vint prendre congé d'elle, ce fut du ton le plus gracieux et avec une charmante rougeur aux joues qu'elle l'engagea à revenir à l'hacienda.

Charles exultait; il entrevoyait déjà la réalisation de ses espérances.

Le plan qu'il avait conçu était des plus simples. Il consistait à se faire aimer de la jeune Mexicaine, puis à profiter de la passion qu'il aurait fait naître pour l'épouser et devenir ainsi, sans coup férir, possesseur de son immense fortune

Le soin de cette nouvelle combinaison le fit retourner fréquemment à l'hacienda, où Anita l'accueillait toujours avec le plus grand empres-

sement, et bientôt la jeune fille, cédant à ses
déclarations brûlantes, finit par lui avouer
qu'elle serait très heureuse d'unir sa vie à la
sienne.

Restait à obtenir le consentement de don
Manuel.

Dès que l'haciendero fut revenu de son
voyage, sa fille lui présenta Charles, qui se
donna comme le descendant d'une noble famille que la ruine de ses parents avait contraint
de s'expatrier.

Don Manuel accueillit courtoisement le jeune
homme; par exemple, dès qu'il fut question de
mariage, il changea de ton et déclara nettement ne pouvoir donner sa fille à un homme
sans fortune et qui n'était, somme toute, qu'un
aventurier.

Charles Bertol s'en allait la rage au cœur et
en proférant les plus terribles menaces contre
l'*haciendero*, lorsqu'Anita parut tout à coup
devant lui.

— Mon père refuse, n'est-ce pas ? demanda-
t-elle brièvement.

— Oui, répondit Charles d'une voix sourde.

— Eh bien, je veux fuir avec vous !

Charles demeura, pendant quelques secondes,
comme frappé de stupeur.

— C'est impossible ! déclara-t-il enfin.

— Et pourquoi ?

— Pourquoi ? répéta-t-il ; vous voulez le savoir ?

— Oui, parlez.

— Ecoutez alors, fit-il après un instant d'hésitation. Je vous ai trompée. Au lieu d'être le chef d'une troupe de chasseurs, je suis le chef d'une bande de pillards et de brigands.

Anita était devenue blême.

— Charles, murmura-t-elle, vous voulez me tenter, mais je vous aime...

Bertol eut une sorte de ricanement sinistre et dit :

— Même si j'étais le capitaine Brick ?

Jamais aucun bandit n'avait eu une réputation de férocité et de cynisme comparable à celle de celui qu'on nommait le capitaine Brick.

Les yeux de la Mexicaine s'ouvrirent tout grand. Elle ne pouvait plus pâlir, mais de grosses larmes roulèrent sur ses joues.

— Oh ! s'écria-t-elle, même si tu étais pire ! Je t'aime ! je t'aime ! et je pars avec toi !

## X

Pendant deux ans, Anita de Pajaro, mena, en compagnie de Bertol, l'existence la plus mouvementée et la plus curieuse qu'il soit possible d'imaginer.

Le capitaine Brick avait renouvelé l'étrange contrat qui le liait à ses compagnons et les plaçait sous ses ordres. Mais, craignant de courir à la fin des dangers sérieux, s'il restait dans le pays, il avait résolu de changer le théâtre de ses opérations.

Dans ce but, les bandits étaient retournés à San-Francisco séparément, pour ne pas éveiller les soupçons.

Là, ils avaient avisé un steamer anglais d'un

millier de tonneaux, aux formes fines et élégantes, à la machine puissante, et, un soir que presque tout l'équipage était à terre, ils étaient montés à bord, s'étaient emparés facilement des quelques matelots restés à la garde du navire, et, après les avoir garrottés et bâillonnés, avaient allumé les feux et pris rapidement le large.

Ils étaient déjà loin quand on avait songé à les poursuivre.

Dès ce moment, Bertol était devenu un pirate redouté et il avait écumé toutes les côtes de l'Océan Pacifique, depuis Valparaiso jusqu'à Vancouver.

Il se trouva bientôt à la tête d'immenses richesses et songeait déjà à quitter ce pénible métier, quand la fortune qui l'avait toujours favorisé, changea tout-à-coup.

Un jour, il fut surpris par un croiseur anglais, et comme il refusa de se rendre, son navire fut coulé. Néanmoins, il réussit à se sauver dans un canot avec Zango, Anita et deux ou trois hommes, et à gagner la côte.

Ils avaient erré pendant quelques mois sur le littoral, menant une existence assez misérable. Le peu d'argent qu'on avait sauvé s'était promptement épuisé. Zango, il est vrai, rapportait bien de temps en temps à son maître quelques dollars ou quelques piastres, dont celui-ci se gardait de demander la provenance, mais cette vie ne pouvait durer.

Bertol le fit comprendre à sa maîtresse, et celle-ci, sur ses conseils se décida à retourner à l'hacienda de Las Rosas.

Elle y arriva juste à temps pour recevoir le dernier soupir de son père.

Don Manuel, en mourant, pardonna à sa fille et lui laissa tous ses biens.

Le maître de Zango s'empressa de saisir cette occasion inespérée. Profitant de la passion qu'Anita éprouvait toujours pour lui, il n'eut pas de peine à lui persuader que leur mariage était nécessaire, et, après avoir fabriqué les quelques pièces indispensables, il se maria sous le nom de marquis de Saint-Pol, qu'il avait donné à Anita comme étant le sien.

Il s'était ainsi trouvé maître de la fortune princière laissée par don Manuel.

A vrai dire, le caprice qu'il avait éprouvé un instant pour Anita était mort depuis longtemps. S'il l'avait épousée, c'était uniquement pour s'emparer de ses biens et pour pouvoir revenir en France, avec des millions capables de le faire accepter dans la maison de Kernéis.

Il était loin, en effet, d'avoir oublié son premier amour. Depuis qu'il s'était lassé d'Anita, ce sentiment n'avait fait, au contraire, que grandir, se réveillant en lui avec plus de force. Jeanne était toujours présente à sa pensée.

Bien que les cinq ans qu'il avait lui-même fixés à la jeune fille fussent expirés, il gardait confiance en sa fidélité, et, plus que jamais, songeait à revenir auprès d'elle.

Peu à peu, il réalisa toute la fortune de sa femme, vendant à vil prix les terrains et les mines qu'elle lui avait apportés et ne laissant à la malheureuse, par un dernier scrupule de conscience, que l'hacienda de Las Rosas.

De ce fait, il avait ainsi amassé une somme colossale et cherchait le moyen de partir sans éveiller les soupçons d'Anita.

Il s'était ouvert de ses desseins à son inséparable Zango. Celui-ci, qui vivait à l'hacienda presqu'en maître, avait d'abord cherché à le dissuader de ses projets. Voyant que tout était inutile, il lui conseilla de prétexter simplement un voyage pour affaire de commerce dans un des ports voisins Guaymas ou Acapulco, et, une fois-là, de prendre le premier navire en partance pour l'Europe.

Charles Bertol venait de rejoindre Anita

dans un salon de l'hacienda. Après l'avoir embrassée, il lui dit qu'il partait en voyage.

Pourquoi ne pas envoyer Zango, répli-
qua-t-elle ; il connait suffisamment nos affaires,
pour qu'on puisse lui confier le soin de régler
celle-ci.

— Tu n'y penses pas, chère amie ! Zango est
un garçon d'une rare intelligence, cependant
il n'entend absolument rien au commerce :
ma présence est nécessaire, et il serait ridicule
de perdre une somme d'argent relativement
assez forte pour éviter un voyage d'une quin-
zaine de jours au plus.

— C'est que je vais bien m'ennuyer, dit tristement Anita, en s'approchant de Charles et
en lui posant la main sur l'épaule, toute seule
pendant quinze jours au milieu de ces déserts.
Si je partais avec toi, veux-tu ?

— Si tu y tenais absolument, je ne voudrais
pas te refuser, mais, franchement, laisser la
maison seule, pour aller te fatiguer inutilement,
ce serait de la folie. J'emmène avec moi Zango ;
il me paraît nécessaire que tu restes ici. N'est-
ce pas que cela est raisonnable ?

En parlant, Bertol s'était levé : il tenait la
taille d'Anita, et la regardait les yeux dans les
yeux.

La malheureuse femme subissait encore une
fois l'ascendant que cet homme avait su
prendre sur elle ; elle répondit doucement :

— En effet, je crois que tu as raison.

Et comme il l'embrassait sur les lèvres avec
un semblant de désir, elle laissa tomber sa
tête sur l'épaule de celui qu'elle croyait son
mari, et fermant les yeux, elle lui rendit son
baiser.

Charles avait réussi, c'était tout ce qu'il
voulait ; il alla annoncer la nouvelle à Zango.

Le lendemain, sans plus tarder, tous deux se
mettaient en route pour Guaymas. Là, ils
prirent place sur un bâtiment qui, dix jours
plus tard, les débarquait au Callao.

Un navire était en partance à destination
d'Europe : Charles portant, dans une valise, en
billets de banque, les millions volés à la pauvre Anita, s'y embarqua immédiatement avec
son complice, et, deux mois plus tard, ils arrivaient à Bordeaux.

Cependant Anita avait patiemment attendu
la date fixée par Charles comme terme de son
voyage. Au bout d'un mois, ne le voyant pas
revenir, pleine d'inquiétude, elle se rendit à
Guaymas. Dans cette ville, elle apprit que
M. le marquis de Saint-Pol et son noir étaient

au Callao. Elle y partit aussitôt, mais là eîle perdit la trace des fugitifs.

Pendant un mois encore, elle ne sut ce qu'était devenu Charles.

Chaque fois qu'un navire revenait d'Europe, elle allait consulter les livres de bord, et, sans doute, elle n'aurait jamais pu percer le mystère qui entourait la disparition de l'ancien capitaine Brick, quand le bateau, sur lequel celui-ci était parti, rentra au Callao.

Le capitaine de ce paquebot, voyant Anita navrée de ne pas trouver sur les livres les noms qu'elle cherchait, lui demanda la cause de son désespoir, et après quelques explications, il lui donna des deux hommes un signalement si précis, qu'il ne put rester aucun doute dans l'esprit de la malheureuse femme.

Elle avait été abandonnée.

Sa douleur fut inexprimable. Mais bientôt, chez elle, les larmes firent place à la colère, et en vraie Mexicaine, elle jura de se venger de celui dont les semblants d'amour n'étaient que de la cupidité et qui l'avait si lâchement trahie.

## XI

Il y avait fête, ce soir-là, au château de Kernéis, et fête qui promettait d'être des plus brillantes, à en juger par la foule qu'elle avait attirée. Toute la noblesse des environs y avait, en effet, été conviée, ainsi que bon nombre d'officiers, de magistrats et de fonctionnaires en résidence à Lorient.

C'est qu'il ne s'agissait pas là d'une soirée banale, mais bien d'une réelle solennité : cette fête était donnée en l'honneur du mariage de M<sup>lle</sup> Jeanne de Kernéis avec le comte Henri de Valmont, qui avait été célébré, le jour même, à l'église d'Hennebont.

Quelle suite d'événements avait amené ce

mariage ? C'est ce que nous allons expliquer en peu de mots.

Jeanne s'était d'abord religieusement gardée, tenant la promesse qu'elle avait faite à Charles Bertol. Attendant fidèlement le retour de celui qu'elle considérait comme son fiancé, elle avait refusé tous les partis qui s'étaient présentés.

Les cinq années expirées, ne voyant pas revenir Charles, elle commença à désespérer mais elle attendait toujours.

Sur ces entrefaites, elle eut la douleur de perdre son vieux père. Elle restait donc seule au monde avec son frère Jean, qui, quelques mois plus tôt, avait été nommé procureur impérial à Lorient.

Jean, ignorant l'amour de Charles et de Jeanne, ainsi que la promesse qu'ils s'étaient faite, pressait sa sœur de se décider à prendre un mari.

Un beau parti, précisément, ne tarda pas à se présenter.

Le prétendant n'était autre que le frère utérin de Charles Bertol, Henri de Valmont, qui, ayant quitté le commissariat de la marine, venait de se fixer depuis peu dans le pays, et avait installé, auprès d'Hennebont, une vaste usine métallurgique.

Henri de Valmont, quoique âgé déjà d'une quarantaine d'années, était encore un élégant cavalier d'une parfaite correction de manières, et dont les voyages n'avaient aucunement altéré la santé robuste. De plus, il se trouvait à la tête d'une fortune au moins égale à celle des Kernéis.

Jeanne repoussa d'abord de Valmont, comme elle avait repoussé les autres. Une circonstance fortuite vint pourtant modifier sa résolution.

Jean fit par hasard la rencontre d'un de ses camarades d'enfance, qui arrivait d'Amérique. Comme ce jeune homme avait également connu Bertol, la conversation vint à tomber sur lui.

— Ce pauvre Bertol ! dit l'ami de M. de Kernéis, les mines de Californie lui ont été fatales, comme à tant d'autres !

— Comment ! s'écria Jean, il est donc réellement mort là-bas ?

— Oui, hélas ! Il est d'abord resté un an à la Nouvelle-Orléans ; puis au moment de la découverte des placers, il s'est rendu à San-Francisco. C'est là qu'il a péri, assassiné, paraît-il, dès les premiers jours de son arrivée.

Il faut dire que cette fable avait été mise en circulation par Bertol lui-même peu après son

arrivée à San-Francisco. C'est de cette façon
qu'il espérait ne pas être reconnu, si l'on prenait le capitaine Brick et c'est ainsi qu'il put,
plus tard, se faire facilement passer pour le
marquis de Saint-Pol.

Jean rapporta à sa sœur la conversation qu'il
venait d'avoir avec le jeune homme.

La jeune fille pensa mourir à cette nouvelle,
à laquelle elle était cependant préparée depuis
longtemps. Sa douleur, quoique muette, fut
immense.

Mais, au bout de quelques mois, son chagrin
commença à s'amoindrir, et elle envisagea
d'une façon plus calme le mariage qu'on lui
proposait.

Bref, cédant aux vives sollicitations de son
frère, elle finit par consentir à épouser Henri
de Valmont.

Le mariage se fit avec une pompe extraordinaire. La petite église d'Hennebont se trouva
trop exiguë pour contenir la foule des invités,
et ce fut l'évêque de Vannes en personne qui
vint donner aux nouveaux époux la bénédic-
tion nuptiale.

A la sortie de l'église, on se rendit au château de Kernéis, où un festin magnifique avait
été préparé.

Le dîner tirait à sa fin, et les convives allaient se lever de table pour faire un tour dans le parc en attendant le bal, lorsqu'on entendit une voiture s'arrêter dans la cour du château.

Un instant après, la porte de la salle s'ouvrit, et un domestique jeta ce nom :

— Monsieur Charles Bertol !

Puis il s'effaça pour laisser passer un homme jeune et de haute taille, au teint bronzé, aux traits mâles et énergiques, suivi d'un nègre à la physionomie farouche.

Le bruit de la mort de Charles s'était répandu à Lorient. A sa vue, tous les convives se levèrent pleins de curiosité et de stupéfaction. Ce fut, pendant un instant, une sorte de trouble général.

Quant à la jeune mariée, elle s'était évanouie à la seule annonce de ce nom. Par bonheur elle revint promptement à elle, et cet incident passa presque inaperçu.

Charles Bertol paraissait aussi calme, aussi à l'aise, que s'il n'eût pas été le point de mire de tous les regards.

Il salua les assistants à droite et à gauche, puis alla s'incliner respectueusement devant Jeanne, serrer la main de Kernéis et embrasser affectueusement son frère, auprès duquel il s'assit.

Les questions commencèrent à l'assaillir de tous côtés.

— Mon histoire est bien simple, répondit-il. J'ai eu la chance de me trouver en Amérique au moment de la découverte des mines d'or, vous le savez, peut-être; je me suis fait mineur, et la fortune m'a souri.

— Combien rapportes-tu à peu près ? demanda Henri.

— Une cinquantaine de millions, fit-il négligemment.

A ce chiffre colossal, la curiosité se changea en admiration.

L'aventurier ajouta :

— Mais je ne croyais pas tomber juste dans une fête de famille. Je te félicite, mon cher frère, d'épouser une jeune fille aussi accomplie que M<sup>lle</sup> de Kernéis. Permets que je lui offre, moi aussi, mon cadeau de noce.

Il fit un signe au nègre, qui vint placer devant lui un écrin.

Charles l'ouvrit, et on vit alors que cet écrin contenait une bague ayant pour chaton un diamant énorme et de la plus belle eau : c'était un présent vraiment royal

Bertol l'offrit à Jeanne qui, pâle comme une morte, ne put que balbutier quelques mots.
La fête continua alors.

A son arrivée dans le pays l'aventurier, mis au fait du mariage de M<sup>lle</sup> de Kernéis, avait eu tout le temps de préparer cette sorte de surprise, qui, d'ailleurs, n'entamait en rien sa fortune, puisque cette bague était au nombre des objets dérobés à la jeune Mexicaine Anita.

Pendant le bal, Bertol trouva le moyen de se trouver seul avec la nouvelle comtesse de Valmont.

— Pardon, Charles ! répondit-elle à ses reproches ; pardon ! Je vous croyais mort depuis longtemps, et, je vous l'assure, je vous ai bien pleuré.

— Oui, je veux vous croire, fit-il, la fatalité sans doute a tout fait... Mais, moi, pour mon malheur, je vous aime toujours !

La jeune femme ne répondit pas. On s'approchait d'eux ; ils se séparèrent.

## XII

L'aventurier était donc revenu trop tard !
Il venait d'arriver à Lorient juste à temps
pour voir Jeanne passer dans les bras d'un
autre.

Une colère effroyable s'empara de son être
lorsqu'il vit ainsi détruites les espérances de
toute sa vie.

Au château il avait adroitement dissimulé
sa rage.

Mais, dès ce moment, une haine mortelle
naissait, grandissait dans son cœur contre ce
frère qui lui ravissait son bonheur.

Il jura qu'il se vengerait de lui, en même
temps qu'il arriverait, par n'importe quel

moyen, à posséder celle dont il gardait depuis si longtemps le souvenir.

Les quelques mots échangés avec Jeanne lui avaient suffisamment démontré qu'elle n'avait pas encore chassé de son cœur son premier amour.

Dès lors, sa résolution fut prise. Il ne s'agissait somme toute que de savoir abuser de cette faiblesse de femme pour arriver promptement au but qu'il voulait atteindre.

Ce fut donc volontiers qu'il accepta l'offre, qui lui fut faite par son frère et M. de Kernéis, de rester quelque temps au château.

Tout le monde, d'ailleurs, s'empressait autour de lui.

Il devint le héros des soirées, où on lui faisait raconter à l'envi ses aventures dans le pays vers lequel la fièvre d'or précipitait le monde.

Avec une aisance parfaite, il s'acquittait de cette mission, inventant des histoires de souffrances et de privations, de dangers et d'assassinats, qui faisaient trembler de Valmont et de Kernéis, et parvenaient à arracher de vraies larmes aux yeux de Jeanne.

Souvent, dans le parc du château, il rencontrait la jeune femme seule, et alors, avec des gestes passionnés, des tremblements de voix qui étaient peut-être sincères, il lui parlait de son amour.

Jeanne l'écoutait malgré elle, et plus d'une fois Charles, en voyant les pleurs qui humectaient ses paupières, avait cru triompher, osant même la saisir dans ses bras. Mais chaque fois, elle le repoussait, et prières comme supplications ne pouvaient la décider à faillir à ses devoirs.

Elle jetait alors vers le château un regard de crainte et de tristesse, puis, serrant la main de Bertol, s'éloignait, allait se refermer dans sa chambre, laissant là Charles tremblant de passion et de colère.

En même temps que son amour, grandissait en lui la haine implacable qu'il avait vouée à Henri de Valmont. Il avait peine maintenant à cacher son animosité, et, malgré tout l'empire qu'il possédait sur lui-même, quand il lui disait : « Mon cher Henri », ou lorsqu'il lui serrait la main, c'était en se contenant ; il étouffait, avait une envie folle de l'étrangler.

Ces accès de rage sourde furent une des raisons qui le décidèrent à quitter le château de Kernéis.

En outre, il pensait que son absence le ferait

regretter de M^{me} de Valmont, et qu'à son retour, il n'aurait pas de peine à vaincre cette résistance qui le désespérait.

On était alors au commencement d'octobre, Bertol avait donc un prétexte tout trouvé pour quitter Kernéis.

Un soir, à dîner, il annonça sa résolution d'aller passer l'hiver à Paris.

— Comment ! dit Henri, il n'y a pas deux mois que tu es ici, et tu songes déjà à nous quitter ! C'est à peine si nous avons eu le temps de te reconnaître après ta fugue de sept ans.

— C'est précisément cette longue absence qui me décide à me retremper un peu dans la vie mondaine. Je n'ai vécu là-bas qu'entre des montagnes et des mineurs ; je me sens sauvage et mal à l'aise. Je veux aller apprendre à Paris à dépenser les millions que j'ai rapportés, et dans quelques mois, je reviendrai civilisé... Je me mets entièrement à votre service. Je ne suis pas marié, moi. Si vous aviez quelque affaire à traiter en Chine, ou en Russie, je suis là.

— J'espère que nous n'aurons pas l'ennui de nous séparer de toi une seconde fois, dit de Kernéis... A propos, et Zango ? est-ce que

tu vas aussi l'emmener à Paris pour le civi-
liser ? Entre nous, c'est un serviteur hors
rang, je l'admets ; tu lui as sauvé la vie, c'est
très bien ; mais il est intraitable, ce nègre, et,
si j'étais à la place de Jeanne, sur ma parole,
j'en aurais peur !

— Aussi, je l'emmène ; il est d'une intelligence surprenante et d'un dévouement pour
moi à tout épreuve : deux qualités peu com-
munes, et que je n'oublie pas. De plus, je peux
le présenter partout, il est fils de roi.

— Ou du moins, il le dit, fit Jean.

— Décidément tu ne l'aimes pas.

— Oh ! ce que j'en dis...

— Enfin ! il est déjà tard ; je partirai demain
de bonne heure ; je vais donc vous faire mes
adieux.

M. de Kernéis insista par politesse :

— Reste encore quelques jours.

Charles se tourna vers Jeanne, cherchant
dans ses yeux une prière. Elle regardait avec
affectation une cuillère à thé.

— Impossible, mon ami, impossible ! Je
pars, c'est arrêté. Cependant, je reviendrai
bientôt, je vous le promets.

Sur ces mots, il se leva.

— Au revoir, Henri ! Au revoir, Jean ! fit-il.

Se tournant vers Jeanne, il la salua respectueusement en lui tendant la main.

— A bientôt, Charles, dit-elle. N'oubliez pas
votre promesse ; vous serez toujours reçu ici
comme le frère de mon mari, c'est-à-dire
comme chez vous.

Bertol articula un remercîment poli, d'un
ton qu'il affecta de rendre dur, et sortit avec
Jean, qui l'accompagna jusqu'à sa chambre.

## XIII

Que pensait M<sup>me</sup> de Valmont du départ de
Charles Bertol ? Certes, elle l'aimait encore.
Elle le lui avait fait entendre et n'avait pas men-
ti ; mais pas un instant elle n'avait dû songer
à devenir sa maîtresse. Quelquefois, quand elle
s'était trouvée en tête-à-tête avec lui, quoiqu'elle fut sûre d'elle-même, elle avait pourtant ressenti un trouble inexprimable, qui res
semblait à une tentation, et lui faisait peur.

On peut assurer que ce départ était pour elle
un grand soulagement.

Evidemment Charles allait occuper sa pensée. Mais, se disait-elle, cette absence de quelques mois va sans doute lui donner le temps
de réfléchir, lui faire comprendre que tout doit

être fini entre nous, et je pourrais alors lui donner en amie sincère cette main que je n'ai pu malheureusement lui donner comme femme.

Jeanne ne put dormir ; le matin, malgré elle, elle se leva et regarda, cachée derrière ses rideaux, Charles s'éloigner.

Henri et Jean avaient voulu l'accompagner. Vers huit heures, les deux amis revinrent.

— Il est parti ! dit Jean dès qu'il aperçut sa sœur.

Et sautant de voiture, ils allèrent vers elle pour lui souhaiter le bonjour.

— Quel singulier garçon que Charles, murmura Jean. Il y a dix ans, c'était un modèle de légèreté, il se laissait vivre sans souci du lendemain. Maintenant, il a toujours l'air de penser à ses mines. Je crois bien qu'il n'a pas seulement ramené son nègre d'Amérique. Il y a par là de fort jolies femmes, et je ne serais pas étonné qu'il fût attendu à Paris par quelque tigresse du Nouveau-Monde.

Jeanne écoutait son frère et devint affreusement pâle. Elle serra la main des deux hommes, puis, prétextant quelques travaux d'intérieur, elle se retira. De Valmont et Jean continuèrent leur promenade en parlant de celui qu'ils venaient de quitter.

Au moment où la cloche tinta, leur annonçant le déjeuner, leur conversation était tombée sur Zango.

— Quelle idée bizarre a-t-il eue, disait Jean, d'emmener avec lui cet horrible nègre! La physionomie de cet ex-roi africain ne me dit rien qui vaille.

— Bah! répondit de Valmont, ils sont tous comme celui-là : leur figure est laide, c'est vrai; quoique ça, leur cœur est presque toujours excellent. Je crois Zango dévoué à Charles, jusqu'à la mort.

Ils étaient arrivés à la demi-lune sablée cerclant la façade du château. De Valmont quitta son ami pour offrir le bras à sa femme qui les attendait en haut du perron.

. . . . . . . . . . . . . . . . . . . . . .

Charles possédait, nous le savons, deux millions et demi de rente. C'était, même à côté des grandes fortunes que l'on rencontre à Paris, une somme considérable qui allait lui permettre de devenir, en peu de temps, s'il le voulait, un des rois du pavé parisien. Ç'avait été son rêve, lorsque, jeune homme, il s'était vu souvent dans l'obligation de recourir à la bourse de Jean de Kernéis. Ses goûts d'autrefois n'étaient pas changés, loin de là ; mais

l'image de Jeanne venait toujours se mettre
entre lui et le plaisir.

Aussitôt à Paris, il acheta aux Champs-Ély-
sées un petit hôtel qu'il meubla magnifi-
quement.

Il n'eut pas de peine à retrouver ses anciens amis. Presque tous suivaient une carrière libérale, gagnant plus ou moins, et mé-
decins ou avocats furent enchantés de se
montrer au bois dans le coupé admirablement attelé dont Charles avait fait récemment
l'acquisition.

Grâce à eux, grâce au luxe qu'il déployait
en toute occasion, Bertol devint bientôt un
homme à la mode. Il fréquenta assidûment
les théâtres, les bals d'hiver, dépensant partout
l'or à poignées. Il eut ses entrées dans bon
nombre de salons, se contentant de s'y montrer, écoutant les admirateurs avec un sourire,
et répondant aux compliments des femmes
d'un air ennuyé.

Son ami Zango l'accompagnait partout et
semblait toujours disposé à assommer d'un
coup de poing quiconque aurait osé approcher
Charles de trop près. Le nègre excitait la
curiosité de tous par son corps d'athlète, merveilleusement découplé, autant que par l'air

d'énergie féroce qui ne quittait pas son noir visage.

Néanmoins Charles Bertol s'ennuyait à Paris. Tous les plaisirs de cette vie agitée ne parvenaient pas à rendre libre son esprit préoccupé. C'est en vain qu'il essayait de se livrer à ce que l'on appelle la grande noce. Rentré chez lui, il s'empressait d'écrire à Kernéis, cherchant un prétexte pour se rapprocher de lui, sans oser s'inviter. Il lui parlait de la monotonie de l'existence luxueuse qu'il menait, et, quand il reçut la lettre dans laquelle on l'invitait à venir passer l'été au château, ce fut avec joie qu'il répondit par une acceptation en annonçant son arrivée prochaine.

Maintenant, il espérait arriver sans beaucoup de peine à faire de Jeanne sa maîtresse. Et parfois, saisi d'une rage folle contre son frère, il se persuadait que celui-ci ne pouvait se juger digne de l'amour d'une femme qu'il n'avait eue que par surprise.

L'aventurier aimait avec toute la force d'une adoration impuissante et enviait de Valmont avec la jalousie d'une nature prête à tout oser.

Il voulait Jeanne. Il la voulait par amour, par une exaspération orgueilleuse, par passion

charnelle ; il s'attelait à cette idée de possession, comme jadis il s'était attaché à l'idée
qu'elle serait sa femme et, quand il partit pour
la Bretagne, il était persuadé qu'au lendemain
de son arrivée, Jeanne de Valmont serait à lui.

. . . . . . . . . . . . . . . . . . .

Cet espoir fut confirmé par la façon dont il
fut reçu par la jeune châtelaine : elle lui serra
la main avec beaucoup de grâce, écoutant
sans gêne et sans rougeur les compliments
qu'il crut devoir lui adresser.

— En as-tu assez de la vie de Paris ? demanda
Henri.

— Certes oui, répondit Bertol en faisant de
la tête un mouvement qui exprimait une certaine fatigue. Je n'ai retrouvé qu'un ou deux
de mes anciens camarades, véritablement heureux de me revoir. Les autres ne me consi-
déraient que comme un sac où on puise des
écus quand on en a besoin... Il n'y a décidément rien de comparable à notre beau pays
de Bretagne ; et puis l'isolement me fait mal ;
il me faut de la famille. Avec vous, je serai
le plus heureux des hommes.

Jeanne sourit et accepta le bras que Charles lui offrit pour rentrer au salon.

M^me de Valmont était très heureuse de revoir Bertol. Elle se doutait des souffrances de cet homme qui aurait dû être son mari, et voulait, à force d'amitié et de prévenances, lui montrer combien elle regrettait ce que le temps et le hasard seuls avaient fait.

Comme à son ordinaire, Bertol interpréta dans un tout autre sens ces marques d'affection. Il se figura que Jeanne souffrait de l'union qu'elle avait contractée avec le comte, et qu'un moment de faiblesse la mettrait bientôt dans ses bras.

Il commença alors auprès d'elle une cour assidue.

Dans une promenade aux environs de Lorient, Henri et Jean, causant et discutant un procès qui en ce moment-là faisait beaucoup de bruit à Paris, prirent un sentier opposé à celui qu'avaient suivi la comtesse et Bertol.

Ceux-ci revinrent sur leurs pas, mais, n'apercevant personne, résolurent de retourner le plus directement possible au château.

Ils étaient à peu près à mi-chemin, quand Charles, se retournant tout à coup vers la jeune femme et lui prenant les deux poignets dans ses mains brûlantes de fièvre, s'écria :

— Jeanne ! as-tu donc oublié que tu devais

être ma femme ? Ne vois-tu pas que je t'aime
et que je souffre ? N'as-tu pas compris que je
ne puis vivre loin de toi ? J'ai voulu te fuir,
j'ai été à Paris, j'ai essayé d'engourdir ma
passion dans les plaisirs : je n'ai pu arriver qu'à
te regretter davantage à mesure que défilaient
devant moi les indifférents et les admirateurs...
Ce que je te demande, Jeanne, ce n'est pas un
crime, c'est une réparation ! Ne me repousse
pas ! Tu ne peux m'avoir oublié... Je t'aime,
je te veux !

Et l'attirant à lui, d'un geste brutal, il lui
posa ses lèvres sur la bouche en la serrant à
l'étouffer.

— Oh ! je vous en prie, Charles, murmura
M^{me} de Valmont, je vous en prie, laissez-moi
vivre honnête ! Moi aussi, j'ai bien souffert.
Par grâce, n'allons pas contre la destinée !

— Tu m'aimes encore ! rugit-il. Maintenant,
qu'elle est donc la force qui nous empêchera
d'être l'un à l'autre !

Et la saisissant de nouveau, en proie à une
exaltation qui lui eût fait tout braver, il allait
peut-être abuser de leur solitude, quand il entendit un bruit de voix qui se rapprochait :
c'était de Valmont et son beau-frère.

Alors Bertol prit doucement la main de la

jeune femme, et lâche à la pensée de se trouver devant ces deux hommes dont il voulait perdre l'honneur, l'entraîna jusqu'au château.

Là, prétextant un malaise subit, il monta précipitamment dans sa chambre.

Il resta près d'une heure assis dans un fauteuil, la tête dans ses mains, pensant à ce qui venait de se passer, maudissant son frère, cet obstacle qu'il ne pouvait franchir. Lui qui jusqu'alors s'était débarrassé de tout ce qui gênait sa marche, lui qui n'avait pas hésité à tuer, à voler, pour acquérir des millions destinés à assurer son bonheur, faudrait-il donc qu'à la dernière étape il succombât parce qu'un homme était là, lui barrant la route ? Ce frère n'avait-il pas toujours été son mauvais génie ? Alors qu'on l'avait presque chassé, lui, Bertol, quand il avait demandé la main de Jeanne, alors qu'il risquait tous les jours de sa vie, Henri, noble et riche, n'avait eu qu'à se présenter pour qu'on forçât la jeune fille à prendre son nom !...

A mesure que toutes ces idées se présentaient à l'esprit de Bertol, sa fureur augmentait. Il ne voyait pas le moyen de se débarrasser de ce frère abhorré.

Alors il se leva, marchant à grands pas dans

sa chambre, bousculant tout ce qui se trouvait sur son passage. Les idées maintenant se heurtaient confuses dans son esprit ; il lui vint la pensée de fuir cette maison, cause de ses souffrances. L'orgueil l'arrêta, lui défendant de céder sa place à un autre. Il se jura de triompher, coûte que coûte.

Pour dissiper la fièvre qui l'envahissait, il s'était avancé vers une fenêtre et collait son front contre les vitres dont la fraîcheur le soulageait. Il était là depuis un quart d'heure, laissant ses yeux errer sur la campagne, quand il sentit une main s'appuyer sur son épaule.

Bertol se retourna et vit Zango.

Zango, toujours avec ce sourire ironique qui faisait peur. Zango qui avait assisté tranquille à la scène muette qui venait de se passer et s'était rapproché en voyant Charles un peu plus calme.

Après avoir regardé son compagnon d'aventures pendant quelques secondes, il demanda avec sarcasme :

— Eh bien ! maître, êtes-vous plus avancé aujourd'hui qu'au premier jour ? Pourquoi vous attacher à cette femme ?... Partons. N'êtes-vous pas assez fort pour oublier cet amour ?

— L'oublier, jamais ! répondit Bertol en

baissant la tête d'un air accablé.

— Jamais est un mot que je ne connais pas, moi, riposta Zango en saisissant Charles par le bras et en l'emmenant jusqu'au milieu de la chambre... Croyez-vous que cette noble dame vous aime encore ?

— J'en suis certain, elle me l'a avoué.

— Alors, pourquoi ne consent-elle pas à être à vous ?

— Pourquoi ?... Parce qu'elle est mariée ; parce qu'elle est du petit nombre des femmes qui sont honnêtes et veulent rester honnêtes... Oh ! ce frère exécré !

— C'est lui le seul obstacle ?

— Oui. Lui ! lui seul !

— En ce cas, maître, reprit Zango après un court silence, quand une branche se trouve sur ma route et me barre le passage, je l'écarte; quand elle résiste, je la brise... Qui vous empêche de faire comme moi ?

— Que veux-tu dire ?

— Vous m'avez compris, maître. Vous avez sur votre route un homme qui vous gêne. Vous avez tout essayé pour atteindre le but, mais il est là et vous empêche d'arriver : il faut que cet homme disparaisse !

— Crois-tu donc qu'en France on fasse dis-

paraître les gens comme en Amérique ; on recherche le meurtrier, et si Jeanne se doutait
de quelque chose, tout serait perdu.

— Allons donc ! M<sup>me</sup> de Valmont vous aime
encore, m'avez-vous dit. Il n'y a rien à craindre de ce côté. Et qui donc oserait soupçonner
d'un crime Charles Bertol le millionnaire ?
D'ailleurs nous ferons disparaître le mort, et je
défie bien la justice de le retrouver.

— Mais il ne faut pas que le cadavre d'Henri
disparaisse, s'écria Bertol, que cette idée de fra-
tricide n'épouvantait pas outre mesure. Il faut
que la mort soit constatée, annoncée. A cette
condition seule, Jeanne pourra devenir ma
femme.

— Eh bien ! qu'à cela ne tienne ! On trouvera
le cadavre. Il y a dans ce pays assez de gens capables de tuer pour s'enrichir. Vous n'avez
rien à craindre.

— Mais, comment, par quel moyen arrive-
rons-nous à nous défaire de lui ?

— Oh ! pour cela, ne vous tourmentez pas.
L'occasion se présentera d'elle-même ; au besoin, nous saurons bien la faire naître.

— Attendons donc.

Sur ces mots, les deux complices se séparèrent.

# XIV

Zango avait eu raison de prévoir qu'une occasion ne tarderait pas à se présenter.

En effet, peu de jours après, Bertol et de Valmont reçurent d'un ami commun, M. de la Noë, une invitation pour passer la soirée au Château de Plélan, à quelques kilomètres de Kernéis,

M. de la Noë allait se marier et voulait enterrer joyeusement sa vie de garçon.

Zango vit immédiatement quel parti on pouvait tirer de cette circonstance, et il en fit part à son maître.

Il s'agissait d'invoquer un prétexte quelconque pour décliner l'invitation de M. de la Noë afin de laisser de Valmont s'y rendre seul. Ce prétexte, Bertol le trouva facilement.

Le soir même, les maîtres du château apprirent qu'il venait de recevoir une lettre de Paris, l'avertissant qu'un banquier chez lequel il avait une partie de sa fortune venait de déposer son bilan. Il se trouvait ainsi dans la nécessité de partir immédiatement pour Paris, et ne pouvait, par conséquent, se rendre à Plélan.

De Valmont fut fort ennuyé de ce contretemps, mais promit néanmoins à son frère de faire tout son possible pour l'excuser auprès de M. de la Noë.

La lettre était le prétexte cherché pour s'éloigner momentanément de Kernéis.

En réalité, Charles Bertol partit au Havre avec Zango.

Là, il trouva facilement à acheter un bateau à vapeur de petit tonnage, destiné à la navigation de plaisance et dont l'équipage était au complet ; puis, ayant pris immédiatement la mer, il se rendit à Southampton ; il y resta jusqu'à la veille du jour où il devait risquer le grand coup qu'il avait préparé.

On voit donc qu'il eut tout le temps nécessaire pour méditer son crime et s'affermir dans sa résolution de se débarrasser de son frère.

A la date exacte où ce dernier devait se rendre à Plélan, un yacht vint stopper à quelques milles au large de Lorient. Il était environ huit heures du soir.

Une barque mise à flot et amarrée au navire semblait attendre quelqu'un.

Sur le pont, on distinguait seulement deux hommes de haute taille. L'équipage avait eu ordre de se coucher pour être paré à prendre le large pendant la nuit.

Quand Bertol et Zango jugèrent la nuit suffisamment obscure, ils descendirent sans bruit dans le canot, et, ayant largué l'amarre, s'éloignèrent vivement et vinrent aborder à l'embouchure du Blavet.

Ils descendirent alors à terre et allèrent se poster sur le chemin que devait suivre M. de Valmont pour revenir de Plélan.

On a vu, dans le prologue, comment ils perpétrèrent leur crime et comment ils laissèrent leur victime attachée à un arbre dans le bois de Kervignac.

Leur forfait accompli, ils retournèrent au yacht dont l'équipage fut réveillé, et Bertol commanda d'appareiller au plus vite.

— Hé bien ! maître, demanda Zango quand le petit vapeur eut perdu de vue la côte, êtes-vous content de moi ?

— Tu es un brave ami ! répondit Bertol qui, sans remords, serrait la main de son noir, comme si à eux deux ils venaient d'accomplir une bonne action... Je t'ai sauvé la vie autrefois : maintenant je suis pourtant ton débiteur.

— Ne parlons pas de cela, maître; causons seulement de ce que vous voulez faire ?

— Maintenant, nous sommes les maîtres de Kernéis ; nous n'avons plus qu'à attendre le jour où Jeanne de Valmont deviendra M$^{\text{me}}$ Charles Bertol.

Ils furent bientôt au Havre, y laissèrent le yacht, et le lendemain arrivaient à Rennes.

Leur premier soin fut d'aller louer une chambre dans l'hôtel le plus confortable, persuadés qu'ils allaient apprendre des nouvelles concernant l'assassinat du bois de Kervignac.

En effet, dans la salle commune, comme on venait à peine de commencer à déjeûner, un jeune homme, assis avec son père à une table voisine, dit en riant à l'hôtesse qui les servait, et avec un accent étranger fort marqué :

—Savez-vous, madame, que voyager en Bretagne ce n'est pas très rassurant; il y a trois jours à peine que nous sommes arrivés, et nous entendons déjà parler d'un crime épouvantable.

— Ah ! mon cher monsieur, vous avez bien raison, c'est horrible !

— Il y a donc eu un crime par ici ? demanda Bertol en feignant la plus parfaite indifférence et comme semblant prendre, par politesse, un intérêt passager à une question qui n'en avait pas pour lui.

— Comment, monsieur ne sait pas ! s'écria l'hôtesse.

— Mais non, ma brave dame, nous arrivons de Paris.

— Ah ! bonne Vierge ! ça c'est vrai. Les Parisiens ne savent rien de rien.

— Au moins ce n'est pas à Rennes même que ce crime a été commis ?

— Oh ! non, monsieur, c'est tout près de Lorient.

— Une rixe entre matelots, sans doute ?

— Des matelots ! C'est un des plus riches propriétaires du pays ; et ce qu'il y a de curieux dans cette affaire, c'est que si l'on sait bien qu'il a été assassiné, du moins n'a-t-on pas pu retrouver son corps !

A cette révélation, Bertol eut un haut-le-corps involontaire, mais, reprenant bien vite son sang-froid, et croyant avoir mal entendu :

— Comment ? fit-il.

— Oui, monsieur ; on est, paraît-il, à la recherche du cadavre; il demeure introuvable.

— On a mal cherché sans doute !

— Oh ! dam ! c'est bien sûr ; il ne se sera
pas envolé le corps de Valmont.

— Vous dites ? s'écria Charles en sautant de
sa chaise, et avec une voix si étranglée que
tout le monde se leva en même temps que lui.

— Qu'avez-vous dit ? répéta-t-il... M. de Valmont ?

— Bien oui ! C'est le monsieur qu'on a tué.

Alors Bertol passa la main sur son front et
se laissa aller dans les bras de Zango, qui, devant l'inquiétude peinte sur tous les visages,
laissa tomber ces mots déchirants pour tous,
excepté pour les deux misérables:

— C'est son frère !

Et Bertol, feignant de ne pouvoir qu'à peine
se soutenir, sortit appuyé sur le nègre et un
mouchoir sur la figure.

Zango appela la patronne, régla, et tous deux
partirent sans tarder.

Quand l'hôtesse revint, on l'interrogea an-
xieusement.

— Ils sont partis tout de suite, dit-elle. Le
pauvre Monsieur ! si j'avais su ! je ne l'aurais
pas lâché comme ça tout d'un coup sans ména-

gement. Mais quelle émotion ils ont eu tout de même !

Et, pour dissiper la tristesse répandue sur tous les visages des convives, craignant que les appétits ne souffrissent de l'émotion causée par cette petite scène, elle ajouta en manière de plaisanterie :

— C'est égal ! ce monsieur nègre-là, il était tout pâle.

Cependant Zango et Charles étaient en route pour Kernéis. Bertol se sentait plein d'inquiétudes au sujet de cette disparition dont avait parlé la femme de Rennes.

— Bah ! elle est folle ! dit Zango. Elle a voulu simplement intéresser ses clients en ajoutant cette circonstance de son cru.

— Certainement, répliqua Charles en riant A demain l'enterrement ; dans un an, le mariage.

Arrivés à Lorient, ils traversèrent la ville au galop. Sur leur passage, les gens se découvraient, se disant tout bas :

— Ce pauvre M. Bertol sait la nouvelle !

Une fois à Kernéis, il descendit de voiture, et, suivi de Zango, entra dans le salon où Jean et sa sœur, celle-ci toute en larmes causaient de leur douleur.

Bertol se précipita vers son ami en s'écriant :

— Ah ! mon pauvre Jean ! je viens d'apprendre... Pardon, Jeanne, je ne vous voyais pas. Ah ! c'est horrible.

— Horrible en effet, murmura Jean. Ce malheureux Henri ! Le scélérat qui l'a tué qu'a-t-il fait de son corps ?

— Comment ! s'écria Charles Bertol, c'es donc vrai ?

Il avait jeté ces mots presque avec effroi. Mais il ajouta, en comprimant les battements de sor cœur, qui faisaient trembler sa voix.

— Ainsi nous ne pourrons même pas lui rendre les derniers honneurs.

— Hélas ! nous le craignons, sanglota M$^{me}$ de Valmont.

— Oh ! mais nous sommes là, nous ; nous le retrouverons et nous punirons les misérables. N'est-ce pas, Jean ?

Celui-ci vint serrer silencieusement la main de Bertol et se retira avec sa sœur.

Quand les deux assassins furent seul.

— Allons Zango ! dit Bertol, notre tâche n'est pas terminée. Tout ce que nous avons fait est inutile ; il faut retrouver le cadavre.

FIN DE LA PREMIÈRE PARTIE

# DEUXIÈME PARTIE

## Héros et bandits

### I

Jean de Kernéis avait été profondément affecté de la fin de M. de Valmont. En sa qualité de procureur impérial à Lorient, il se trouva chargé de l'instruction de l'affaire, et il n'est pas besoin de dire qu'il y apporta tous ses soins.

Il tenait, avant tout, à retrouver le corps de son malheureux beau-frère. Aussi ne négligea-t-il rien pour arriver à ce résultat. Sous sa direction, les recherches furent poussées avec la plus grande activité. Toutes les brigades de gendarmerie, à dix lieues à la ronde, furent mises en campagne ; les bois fouillés jusque dans les moindres taillis ; des dragages exécutés dans le Blavet et dans la rade.

Peine inutile : on ne trouva aucune trace de M. de Valmont.

Cet insuccès irritait le magistrat. Son beau-frère, ce n'était que trop certain pour lui, avait été lâchement assassiné ! Cependant, il ne pouvait songer à rechercher et punir le coupable avant d'avoir en main la preuve matérielle et indiscutable du crime, c'est-à-dire avant d'avoir retrouvé le cadavre.

Néanmoins, il se livrait à toutes sortes de conjectures et se demandait qui pouvait avoir un intérêt à commettre ce meurtre.

Ses soupçons se portèrent d'abord sur deux anglais, les frères Smithson, que M. de Valmont avait ruinés par la création de son usine métallurgique auprès d'Hennebont. Ces anglais, déjà possesseurs d'une usine de ce genre avant le mariage du comte, n'avaient pu lutter contre la concurrence que celui-ci leur avait suscitée, par suite du peu de capitaux dont ils disposaient, et ils avaient même été poursuivis comme banqueroutiers.

M. de Kernéis apprit qu'en plusieurs occasions ils avaient proféré des menaces de mort

contre son beau-frère. Aussi pensa-t-il assez
naturellement qu'ils pouvaient bien avoir mis
ces menaces à exécution.

Il s'enquit sans retard de ce qu'étaient devenus les deux anglais et sut, d'une façon certaine, que ces derniers n'avaient pas, depuis
leur départ de France, quitté Liverpool, où ils
s'étaient réfugiés.

Ce fut une première déception pour le magistrat.

M. de Kernéis se vit donc contraint d'abandonner cette piste, et se trouvait être dans la
plus grande perplexité, lorsque Bertol vint ap-
porter à l'instruction un nouvel élément.

L'ancien pirate, de plus en plus inquiet de la
disparition de sa victime et de la tournure
mystérieuse que prenait l'affaire, s'était, de son
côté, livré à d'actives recherches.

Un matin, en se rendant, peut-être pour la
dixième fois, sur le théâtre du crime, qu'il re-
voyait d'ailleurs sans la moindre émotion, il
trouva au pied de l'arbre auquel le malheureux Henri avait été attaché, à moitié enfouie
dans l'herbe, une pipe courte et noire du
genre dit « Brule-Gueule » dont il se saisit avi-
dement.

Il ne parla à personne de sa trouvaille, se

promettant bien de découvrir quel était le propriétaire de cet objet.

Le hasard le servit à souhait.

Quelques jours plus tard, ayant eu l'occasion
de traverser le Blavet, sur le bac de Kervignac,
il lia conversation avec le passeur et eut l'audace de lui parler du crime qui venait de se
commettre aux environs.

— Cette nuit-là, lui dit-il, n'avez-vous donc
rien entendu, aucun cri, aucune plainte ? C'est
à peine à un kilomètre d'ici que le meurtre a
eu lieu !

— Non, je n'ai rien entendu, répondit Le
Bihan ; mais, ajouta-t-il en baissant la voix, je
crois connaître celui qui a fait le coup.

— Ah ! fit Bertol, en tressaillant malgré lui,
vous connaissez l'assassin !

— Je le crois, du moins.

Bertol avait déjà repris tout son aplomb. Il
répliqua :

— Pourquoi, alors, n'avez-vous pas averti la
justice ?

— Je ne l'ai pas fait pour des raisons à moi ;
maintenant, je peux bien...

Le vieux breton s'arrêta sur ces mots, semblant hésiter.

Pour le décider à parler, le maître de Zango lui glissa un louis dans la main, en disant :

— Voyons, mon brave, racontez-moi ce que vous savez.

Le Bihan ne résista pas à la vue de l'or, comme s'y attendait Bertol.

— Voilà la chose, commença-t-il. La nuit même où M. le comte a été tué, vers onze heures, Le Goff, accompagné de son ami Pengam, est venu me demander mon canot pour traverser la rivière...

— Pardon, interrompit Bertol, qu'est-ce que ce Le Goff !

— Comment ! fit le passeur, vous ne connaissez pas Le Goff, le capitaine de la goëlette l'*Espérance*, qui est partie pour les Moluques ?

— Non, pas le moins du monde.

— Au fait, c'est possible, reprit le passeur, puisque vous êtes nouveau venu dans le pays. Laissez-moi donc continuer... Le Goff et Pengam ont alors traversé la rivière ; sur l'autre bord, Pengam a quitté le capitaine, qui s'est engagé seul à travers le bois de Kervignac, pour regagner sa maison à Penmarré...

— Eh bien ! interrompit encore Bertol, quel rapport cela peut-il avoir avec le crime ?

— Vous ne voyez pas ? fit Le Bihan. C'est pourtant clair : pour se rendre à Penmarré,

Le Goff est passé à l'endroit même où votre frère a été frappé.

— C'est vrai ! s'écria l'ancien pirate en ayant peine à contenir sa joie.

— Et, continua Le Bihan, il y est passé précisément à l'heure où, si l'on s'en rapporte au récit du paysan qui a vu M. de Valmont, le coup a dû être fait.

— Pourquoi ce Le Goff aurait-il tué mon malheureux frère ?

— Ils avaient, paraît-il, une vieille affaire à régler ensemble... Mais, ajouta le vieux breton, allez trouver Pengam, le patron de la *Belle-Yvonne* ; il vous dira sans doute pour quel motif Le Goff était l'ennemi juré de M. le comte.

Bertol n'insista pas davantage. Il ne doutait pas maintenant que la pipe, qu'il avait trouvée au pied de l'arbre, n'appartînt au capitaine de la goélette, et comprit immédiatement tout le parti qu'il pourrait tirer de cette coïncidence.

## II

En quittant le passeur, Bertol se mit aussitôt
à la recherche de Pengam.

Il n'eut d'ailleurs, aucune peine à trouver
le marin. Il lui suffit de se rendre sur les
quais de Lorient, où il rencontra le patron pêcheur, qui, revenant de la mer, était occupé
avec son équipage à débarquer le poisson
emmagasiné dans la cale de la *Belle-Yvonne*.

— Bonjour, patron, dit-il au marin en l'abor-
dant, la pêche est-elle bonne aujourd'hui ?

— Oui, monsieur, grâce à Dieu, répondit
Pengam ainsi interpellé; nous n'avons pas à
nous plaindre depuis quelque temps.

Bertol changea de ton tout à coup, demandant :

— Dites-moi, mon ami, c'est bien vous qui vous nommez Pengam ?

— Oui, monsieur, pour vous servir, répondit encore le pêcheur de sa voix tranquille et en soulevant son bonnet.

— Eh bien ! j'aurais quelques mots à vous dire en particulier.

— A vos ordres, monsieur ; attendez seulement que tout mon poisson soit à terre.

Et, sur ces mots, Pengam se remit à l'ouvrage.

Lorsque la cale de la *Belle Yvonne* fut complètement vide, il se retourna vers Bertol en lui disant :

— Maintenant, monsieur, je suis tout prêt à vous écouter.

— Non, pas ici, fit l'autre, venez avec moi à ce café que vous voyez là-bas ; là, nous pourrons causer plus librement.

— Comme il vous plaira.

Et Pengam suivit son interlocuteur en chargeant sa pipe.

Deux minutes après, les deux hommes entraient dans le café indiqué, qui ne contenait, à ce moment de la journée, que deux ou trois personnes.

Bertol alla s'asseoir avec son compagnon à

une table isolée au fond de la salle. Lorsque le garçon, après les avoir servis, se fut retiré, Charles reprit la conversation en disant brusquement:

— Vous connaissez Le Goff, le capitaine de l'*Espérance*, n'est-ce pas ?

— Sans doute, répondit Pengam, et depuis longtemps ; d'ailleurs, ajouta le fin breton comme en manière de correctif, tout le monde ici se connaît: ne le saviez vous pas ?

— Et, demanda de nouveau Charles, en tirant de sa poche le brûle-gueule qu'il avait ramassé dans le bois, connaissez-vous aussi cet objet.

A peine le pêcheur eût-il jeté les yeux sur la pipe que lui présentait Bertol, qu'il s'écria en pâlissant visiblement :

— Mais oui, c'est bien sa pipe! Je la reconnais; c'est lui-même qui l'a creusée, il y a cinq ans au moins, dans une racine de bruyère ! Comment se trouve-t-elle maintenant entre vos mains?

— Ceci, je vous le dirai tout-à-l'heure, mon garçon; auparavant, permettez-moi de vous adresser encore quelques questions.

— Faites, monsieur.

Bertol continua.

— N'étiez-vous pas avec Le Goff, le soir du

dix août, la veille de son départ pour les Moluques !

A cette demande, Pengam se troubla tout-à-
fait ; néanmoins, il répondit affirmativement.

— Où l'avez-vous quitté ce soir-là ? interrogea de nouveau Bertol.

— Je l'ai quitté après la traversée du passage
de Kervignac.

— A quelle heure ?

— Un peu avant minuit.

— Et ensuite, qu'avez-vous fait ?

— Mais, je suis allé me coucher, parbleu !

— Et lui, où est-il allé !

— Il a fait comme moi, je pense... Enfin,
monsieur, pourquoi, et de quel droit, me faites-
vous toutes ces questions ?

— Pourquoi ? s'écria Bertol d'une voix que
faisait trembler une feinte colère, pourquoi ?
je vais vous le dire... Le soir du dix août, un
crime a été commis dans le bois de Kervignac,
que votre ami Le Goff a nécessairement traversé pour se rendre chez lui, après vous avoir
quitté. Eh bien ! cette pipe trouvée dans le
bois, à l'endroit même où le meurtre a eu lieu,
prouve que si ce n'est pas lui qui est l'auteur
de ce crime, il a, tout au moins, dû assister à
son exécution, et dans ce dernier cas, il s'en est

rendu le complice en ne faisant rien pour l'empêcher et en n'avertissant même pas la justice... Maintenant, si vous voulez savoir de quel droit je vous interroge, c'est parce que la victime, le comte Henri de Valmont, était mon frère.

Pengam restait muet devant cette accusation portée contre son vieil ami.

— Non, s'écria-t-il enfin, ce n'est pas possible ! Le Goff n'est pas capable d'un assassinat !... Je sais bien qu'il avait sujet de ne pas aimer beaucoup M. de Valmont ; mais Le Goff assassin, jamais !

— Et quels étaient donc, demanda vivement Bertol, les griefs que Le Goff avait contre mon malheureux frère ?

— Comment, vous ne savez pas ?

— Non. Il n'y a que quelques mois que je suis revenu ici, après une très longue absence.

— Eh bien ! voilà ce que c'est :

Et le pêcheur raconta alors à Bertol ce que nous connaissons déjà, c'est-à-dire comment M. de Valmont, étant officier d'administration de la *Cornélie*, avait voulu, pour un motif futile, faire passer Le Goff au conseil de guerre, et l'avait empêché d'être nommé premier-maître.

Pengam termina par ces mots :

— Vous voyez, maintenant, monsieur, que Le Goff pouvait en vouloir à votre frère. Il se peut donc que tous deux, s'étant rencontrés dans le bois à cette heure avancée, se soient pris de querelle, et qu'il en soit résulté un malheur. Je me rappelle même qu'au cabaret des *Amis réunis*, il avait proféré, ayant un peu bu, certaines menaces contre M. de Valmont. Si, dans cet état de surexcitation, il a rencontré celui qui l'avait offensé, je crains bien, en effet, qu'il ne lui ait fait un mauvais parti... Mais, je le répète, Le Goff est incapable d'un lâche assassinat. S'il a tué M. de Valmont, c'est après une querelle, et il y a eu lutte entre les deux hommes, lutte loyale...

— Alors, votre conviction est que c'est bien Le Goff qui a tué mon malheureux frère ?

— Oh ! répliqua vivement Pengam, je n'ai pas dit cela ; j'ai avancé que la chose était possible : voilà tout.

— Mais, qu'aurait-il fait du corps de sa victime ? on n'a pu en trouver aucune trace.

— Ceci, répondit le pêcheur, je n'en sais absolument rien.

Bertol resta songeur pendant quelques instants; puis il se leva, appela le garçon pour

payer les consommations prises, et se sépara
du pêcheur, en lui disant :

— J'espère, mon ami, que vous n'hésiterez
pas à répéter devant la justice ce que vous
venez de me raconter.

Pengam répondit d'un ton un peu sec :

— Monsieur, je sais quel est mon devoir.

Là-dessus, les deux hommes se quittè-
rent.

Bertol rentra au château, fort satisfait de sa
journée.

Grâce à la déposition de Pengam, il était
certain que la justice allait s'égarer, définitive-
ment cette fois, sur une fausse piste, et qu'il
allait se trouver, désormais, à l'abri de tout
soupçon.

Le soir même, à la fin du dîner, il prit Jean
de Kernéis en particulier et lui fit part de ce
qu'il avait découvert.

Dès le lendemain, le magistrat fit compa-
raître Pengam devant lui.

Le pêcheur répéta ce qu'il avait dit la veille
à Bertol, et sa déposition se trouva corro-
borée par celle de la servante de l'auberge de
Kerentrech. Cette dernière rapporta la conversation qui avait eu lieu dans le cabaret, le soir
du dix août, entre Le Goff et Pengam, et au

cours de laquelle le premier avait proféré des menaces contre le défunt comte.

Après avoir entendu ces trois personnes, M. de Kernéis acquit la conviction que le meurtrier de M. de Valmont n'était autre que Le Goff.

La disparition du corps de la victime restait toujours un mystère, il est vrai. Mais, malgré cette circonstance, le magistrat se croyait en droit de lancer un mandat d'amener contre le capitaine de l'*Espérance*. Les charges qui s'élevaient contre celui-ci lui paraissaient plus que suffisantes pour motiver cette mesure.

Là, l'instruction vint se heurter à une difficulté qu'il fut absolument impossible de surmonter.

L'*Espérance* était sortie de la rade de Lorient à six heures du matin, le onze août, faisant voile vers les Moluques. Il y avait, par conséquent, un mois qu'elle avait pris le large, et depuis cette époque, on n'en avait pas eu de nouvelles. Comme elle devait, sans nul doute, relâcher au cap de Bonne-Espérance, M. de Kernéis, par l'entremise du Ministre des Affaires étrangères, écrivit au consul français de Cape-Town pour lui demander de s'entendre, si cela était possible, avec les autorités

locales, de façon à faire arrêter le capitaine
Le Goff et à le renvoyer en France.

A cette époque, il n'existait encore aucune
communication télégraphique entre le Cap et
l'Europe, et la lettre de M. de Kernéis ne
parvint que tardivement au consul. Celui-ci
répondit au magistrat que la goëlette l'*Espérance* avait effectivement touché au Cap, puis
en était repartie quinze jours auparavant.

M. de Kernéis ne se rebuta pas.

Il écrivit dans le même sens au consul
français de Colombo, dans l'île de Ceylan, où
l'*Espérance* pouvait avoir fait escale, et en
même temps à ceux de Singapour, Batavia et
Manille.

Toutes les réponses qu'il reçut, au bout de
quelques mois, l'informaient qu'on n'avait nulle
part vu la goëlette et qu'on n'en avait eu
aucune nouvelle.

Le consul de Colombo ajoutait que, quelques jours après la date à laquelle, suivant les
indications de M. de Kernéis, l'*Espérance* avait
quitté le Cap, un épouvantable cyclone s'était
déchaîné dans cette partie de l'Océan Indien, et
que cette tempête pouvait fort bien avoir été
fatale à la goëlette.

Cette fois, M. de Kernéis fut découragé. l'

ne savait plus que faire. Son devoir fut d'en référer à son chef direct, le procureur général près la cour de Rennes. Celui-ci donna l'ordre d'abandonner provisoirement les poursuites.

L'affaire fut donc classée, comme on dit dans la langue administrative et judiciaire, en attendant que quelque événement imprévu permît de reprendre l'instruction.

# III

Cependant, qu'était donc devenu M. de Valmont ?

C'est ce que nous pouvons dire maintenant.

On se rappelle qu'après avoir aperçu dans le bois de Kervignac le malheureux attaché à un arbre, Le Goff était rentré chez lui, et qu'après quelques mots échangés avec sa fille et avoir constaté la perte de sa pipe, il s'était couché tranquillement.

Mais son sommeil fut de courte durée. Bientôt il se réveilla en sursaut, sous l'empire d'idées singulières. Il venait de faire un rêve, dans lequel il avait vu M. de Valmont tout sanglant, qui l'accusait de sa mort.

— Mille cartahus ! se dit le brave capitaine, je n'ai pas agi tout de même comme un franc matelot, un vrai chrétien doit le faire !... Ce Valmont a eu bien des torts envers moi, sans doute quoi qu'il en soit, dans une circonstance semblable, un honnête homme doit porter secours, même à son plus grand ennemi... Allons! ajouta-t-il en se levant précipitamment, il est peut-être encore temps !

S'étant habillé en un tour de main, il sortit sans réveiller sa fille et courut de toute la vitesse de ses jambes vers le bois de Kervignac.

Il n'eut pas de peine à retrouver l'arbre auquel était attaché M. de Valmont, et constata avec joie que celui-ci respirait encore faiblement. Le délivrer de ses liens et l'enlever sur ses robustes épaules fut pour le vieux marin l'affaire d'un instant.

Chargé de ce fardeau, il se dirigea vers sa demeure ; mais au moment d'entrer, il se ravisa.

Descendant alors vers la grève, il posa sur sur le sable M. de Valmont toujours évanoui, et prenant dans sa poche un sifflet, en tira deux sons prolongés.

Au bout de dix minutes, on entendit le bruit produit par des avirons frappant en cadence la surface de l'eau, et bientôt après, une embarcation, portant sur l'avant ce nom : « Espérance », vint accoster le rivage.

Le Goff fit signe aux quatre hommes qu'elle contenait de sauter à terre, et, s'adressant à l'un d'eux :

— Kervella, lui dit-il, as-tu ta gourde sur toi ?

— Oui, capitaine, la voilà !

Le Goff, ayant pris la gourde des mains du matelot, s'approcha de M. de Valmont étendu sur le sable, et lui desserrant les dents, lui introduisit dans la bouche quelques gouttes d'eau-de-vie.

Une légère rougeur se montra sur les joues du gentilhomme, et bientôt même il fit un mouvement. Le Goff recommença l'opération et cette fois eut la satisfaction de voir M. de Valmont ouvrir les yeux.

— Qu'y a-t-il ? murmura le malheureux.

Puis, tout à coup, la mémoire lui revenant :

— Charles, mon frère, assassin ! assassin ! articula-t-il avec effort.

Et il s'évanouit de nouveau.

Il revint presque immédiatement à lui. Et, fixant alors ses yeux sur Le Goff :

— Qui êtes-vous? lui demanda-t-il d'une voix encore faible, mais cependant assurée.

— Je suis, répondit Le Goff, un homme qui vous a porté secours, bien qu'il eût grand sujet de se plaindre de vous... Ne cherchez pas à comprendre, ajouta-t-il en remarquant l'air étonné du comte, et laissez-moi examiner votre blessure : je m'y connais un peu.

A ces mots, il enleva avec précaution les vêtements de M. de Valmont, et alors apparut la plaie faite par le couteau de l'assassin.

Le Goff la considéra attentivement pendant quelques instants :

— Tonnerre ! dit-il enfin, le coup a été vigoureusement porté ; heureusement pour vous, ome a glissé sur l'omoplate, et le poumon n'a pas été atteint ; néanmoins les chairs ont été profondément entamées ; vous avez dû perdre une grande quantité de sang. Enfin, avec des soins, vous en réchapperez pour cette fois.

Après avoir prononcé ces paroles d'un ton quelque peu doctoral, le vieux marin ajouta :

— Maintenant, nous allons, mes hommes et moi, vous reconduire au château ; mais dépêchons ! car dans quelques heures, nous levons l'ancre.

— Au château ! répéta M. de Valmont, avec un accent de terreur. Non, je vous en prie ! Je

leur ai échappé presque miraculeusement, ne
me remettez pas à leur merci !

— Comment ! fit Le Goff stupéfait, que voulez-vous dire?... Je vous propose de vous reconduire. chez vous, et non vers vos assassins...
Au fait, quels sont ceux qui ont voulu vous
faire avaler votre gaffe ? Les avez-vous vus,
bien qu'ils vous aient frappé par derrière ?

— Oui, je les ai vus, répondit le comte d'une
voix sourde ; mais je ne peux, ni ne veux les
nommer ; seulement je vous supplie de nouveau de ne pas me ramenr au château.

— Alors, mille cartahus ! s'écria Le Goff, où
faut-il vous conduire?... Nous ne pouvons vous
laisser là, sans secours, à trois heures du
matin, et, d'un autre côté, nous devons déraper
à la marée haute.

Tout à coup le capitaine se frappa le front :

— Une idée ! dit-il, et une fameuse. Vous semblez redouter une nouvelle tentative de meurtre en retournant au château. Eh bien ! dans
quelques heures, nous mettons le cap sur les
Moluques ; voulez-vous venir avec nous ? Là,
vous n'aurez rien à craindre de vos ennemis.

M. de Valmont, à cette bizarre proposition,
garda quelques instants le silence.

— J'accepterais volontiers, répondit-il enfin,

mais ne serais-je pas un embarras pour vous,
mes braves amis ?... Et puis, c'est à peine si
j'ai sur moi l'argent nécessaire pour vous in-
demniser de ma nourriture pendant la traversée.

— Bah ! fit Le Goff, ne vous inquiétez pas de
cela : je vous trouverai bien de l'ouvrage à
bord. Vous viendrez aux Moluques avec nous ;
vous aurez, comme les autres, votre part dans
les bénéfices de la campagne, si vous voulez,
et, au bout de deux ou trois ans, quand vous
reviendrez ici, vous verrez ce que vous aurez à
faire. Allons, est-ce dit ?

— Eh bien, soit ! répondit M. de Valmont,
je pars avec vous.

Et il essaya de se lever ; mais il ne put y
parvenir et retomba sur le sable.

Riche, marié à une jeune femme qu'il
aimait, Henri de Valmont abandonnait donc en
même temps fortune et amour, pour s'en aller
au bout du monde dans une condition infé-
rieure. Si fantastique, si folle que puisse paraître cette subite résolution, on verra plus loin
qu'elle était très raisonnée.

Les matelots, sur un signe de leur capitaine,
enlevèrent le comte avec précaution et le
transportèrent dans l'embarcation, où ils le cou-
chèrent sur leurs vareuses.

Un quart d'heure plus tard, M. de Valmont était installé dans un cadre, à bord de l'*Espérance*, et un premier appareil était posé sur sa blessure. Ce fut encore Le Goff qui se chargea de ce soin. Le vieux marin s'acquitta fort adroitement de cette délicate opération et affirma que dans quinze jours, à moins de complication improbable, le blessé serait sur pied.

Cela fait, le brave capitaine se rembarqua aussitôt dans le canot et revint près d'Yvonne.

La jeune fille dormait encore et ne s'était même pas aperçue de l'absence de son père.

Le Goff lui fit ses adieux, sans lui parler de ce qui venait de se passer, et, une heure après, il était de retour à bord de la goëlette, qui ne tarda pas à prendre le large.

# IV

Au bout de quinze jours, comme l'avait annoncé Le Goff, M. de Valmont était rétabli de sa blessure.

Certes, sa faiblesse continuait à être grande encore, et il avait besoin de ménagement ; mais toute crainte de complications avait disparu, et les soins ne lui manquaient pas.

Il s'habituait peu à peu à l'existence nouvelle qui commençait pour lui.

C'était d'ailleurs loin d'être la première fois, nous le savons, qu'il se trouvait sur un bâtiment effectuant un voyage au long cours. Pendant les quelques années qu'il avait passées dans le commissariat de la marine, il était allé aux quatre coins du globe ; et même, comme le dernier poste occupé par lui était celui de chef de service à Mahé, il avait déjà parcouru la route que suivait en ce moment l'*Espérance*.

Le Goff était plein d'attentions pour son passager. Il le faisait manger à sa table et le comblait de prévenances.

Lorsqu'il vit que le comte avait complètement recouvré la force et la santé, il lui dit :

— Je me suis engagé à vous trouver de l'ouvrage à bord. Maintenant que vous pouvez travailler, je vais tout simplement vous charger de la tenue du rôle d'équipage et des écritures de l'*Espérance*. Moi, je n'ai guère le temps de m'en occuper, et mon second n'y entend rien ; vous nous rendrez donc service et vous ne serez pas inutile à bord, comme vous sembliez le craindre.

— Merci, mon cher capitaine, répondit M. de Valmont. J'accepte avec joie, et dès aujourd'hui, je deviens votre subrécargue... Mais, ayez donc la bonté de m'expliquer certaines paroles que vous avez prononcées devant moi, le jour où vous m'avez si généreusement sauvé la vie, et qui me sont restées dans la mémoire.

— Lesquelles ? interrogea Le Goff.

— Lorsque je vous ai demandé qui vous étiez.

vous m'avez répondu : « Un homme qui vous
a porté secours, bien qu'il eût grand sujet de
se plaindre de vous. » Que signifient ces paroles ?

— Ah ! voilà, répondit le marin, dont le front
s'était rembruni : au fait, mieux vaut que je
vous le dise dès maintenant.

Et, se plantant en face du comte :

— Regardez-moi bien, lui dit-il ; est-ce
que vous ne vous souvenez pas de m'avoir
vu ailleurs qu'ici, il y a de cela plusieurs années ?

— En effet, répondit M. de Valmont au bout
d'un instant, je m'étais, du reste, déjà fait cette
réflexion... Je ne puis pourtant préciser le lieu
où je vous ai rencontré antérieurement.

— Je vais aider vos souvenirs : c'était à bord
de la frégate la *Cornélie* dont vous étiez le commissaire, et où j'étais, moi, second maître de
manœuvre.

— Ah ! fit le comte à ces mots, je me rappelle
maintenant !

— Oui, reprit le capitaine, je suis ce second
maître, Le Goff, dont vous n'avez pas hésité à
demander l'envoi au conseil de guerre, pour
quelques paroles un peu vives, et méritées
d'ailleurs, qu'il vous avait adressées.

Le comte avait écouté Le Goff en baissant la
tête.

— Et après cela, s'écria-t-il, vous n'avez pas
hésité à voler à mon secours et à m'arracher
à la mort ! Brave cœur, ma vie vous appartient
tout entière, et j'attends avec impatience l'occasion de vous prouver ma reconnaissance !...
Mais, je n'ai pas été aussi coupable envers
vous que vous semblez le croire, car c'est moi-
même qui, voyant que j'étais allé trop loin, ai
retiré la plainte que j'avais formée contre
vous.

— J'ignorais ce détail, fit Le Goff ; il dimi-
nue en effet notablement vos torts. Ne parlons
donc plus de cela, et que tout soit oublié !...
Du reste, c'est de l'histoire ancienne ; puis
cette affaire n'a eu en somme, pour moi, que
d'heureuses conséquences.

Et, pour mettre un terme à l'entretien, il
appela son second et s'éloigna avec lui, feignant de lui donner quelques ordres.

Pendant plusieurs jours, M. de Valmont ne
put s'empêcher d'être un peu gêné en présence de Le Goff. Mais, comme jamais le capitaine ne remit la conversation sur ce sujet, et
que ses manières n'avaient pas changé à son
égard, il comprit que son sauveur lui avait en-

tièrement pardonné, et son amitié pour lui
n'en devint que plus profonde.

Il se trouvait relativement heureux à bord de
la goëlette. Souvent, sans doute, il avait des
retours vers son existence passée. Alors son
sang se glaçait d'effroi au souvenir de la tentative dont il avait failli être la victime.

Lorsque, dans son meurtrier, il avait reconnu son frère, une pensée terrible avait,
comme un éclair, traversé son cerveau.

Cette pensée, il l'avait d'abord repoussée
avec horreur. Elle était revenue l'assaillir avec
une nouvelle force.

Il se rappelait peu à peu les circonstances
auxquelles il n'avait, au moment où elles s'é-
taient produites, attaché aucune signification,
mais dont maintenant il ne comprenait que
trop la portée.

Aussi, il avait remarqué plusieurs fois que,
si l'on prononçait devant sa femme le nom de
Charles Bertol, elle se troublait et que, souvent même, elle détournait brusquement la conversation. Il se souvenait aussi d'avoir surpris
entre son frère et Jeanne des regards singuliers.

Il n'avait alors prêté qu'une médiocre attention à ces petits faits qu'il considérait comme
absolument sans importance.

Maintenant, la lumière se faisait dans son esprit. Il ne doutait plus.

Pourquoi d'ailleurs son frère aurait-il tenté de l'assassiner ?

Ce n'était pas pour hériter de ses biens : Charles était vingt fois plus riche que lui !

Oui ! il en était sûr, c'était bien là l'horrible vérité ! Sa femme était la maîtresse de Bertol, et comme lui, de Valmont, gênait les deux amants, ils avaient tout simplement résolu de le supprimer, et n'avaient pas hésité à recourir à l'assassinat.

Leur but était sans doute de se marier en-suite, sans souci du cadavre qu'ils auraient ainsi placé entre eux.

— Les misérables ! s'écriait M. de Valmont lorsque ces pensées venaient heurter son cerveau, ma femme que je croyais presque une sainte, elle, la fille du comte de Kernéis ! Et mon frère qui ne cessait de m'accabler des témoignages de son affection !... Et ne pou-voir se venger ! ajoutait-il.

Il pensait en effet que, malgré tout, il serait toujours forcé de se taire, pour ne pas voir son nom, jusqu'ici pur et sans tache, compromis dans un procès scandaleux.

Bientôt, du reste, ses idées de vengeance se

calmèrent, et la haine, qu'il avait d'abord ressentie contre sa femme et son frère, se retira de son cœur pour faire place au dégoût...

Les relations du comte avec Le Goff prenaient un caractère de plus en plus affectueux. Le capitaine, loin de reparler de ses anciens griefs, évitait au contraire, dans la conversation, de prononcer le moindre mot qui aurait pu y sembler une allusion même indirecte. Bref, ces deux hommes, dont l'un était autrefois l'ennemi mortel de l'autre, étaient devenus deux amis inséparables.

Aussi, M. de Valmont fût-il naturellement amené à faire au marin la confidence de ses ennuis et à lui révéler le nom de ses assassins.

— Caïn ! s'écria le capitaine en apprenant que de Valmont avait été frappé par son frère ; laisse courir ! tu feras un jour connaissance avec le père Le Goff !

# V

L'*Espérance* avait effectué sans incident, la traversée de Lorient àu Cap. Là, elle avait re- lâché quelques jours pour faire des vivres et de l'eau, puis s'était engagée dans l'Océan Indien.

Le Goff avait l'intention de se rendre d'abord à Batavia, la capitale de l'île de Java, se propo- sant de visiter ensuite les autres archipels de la Malaisie.

Le temps se maintenait au beau. La goëlette, toutes voiles dehors et favorisée par le mous- son du sud-ouest, filait vent arrière avec rapi- dité. Il y avait lieu d'espérer que la mer des Indes lui serait aussi clémente que l'avait été l'Atlantique.

Malheureusement, ces heureux pronostics ne se confirmèrent pas.

Le huitième jour, de gros nuages apparurent menaçants à l'horizon, le vent fraîchit tout à coup, en même temps que les roulements lointains du tonnerre se faisaient entendre.

Le Goff, qui avait déjà navigué dans ces parages, sentit qu'il allait avoir à essuyer un de ces ouragans auxquels on a donné le nom de cyclones, terribles météores qui ne se montrent que trop souvent dans ces régions, brisant et bouleversant tout sur leur passage.

La tempête ne tarda pas en effet à éclater dans toute sa fureur.

Le vent, dont la direction changeait continuellement, augmentait de violence à chaque minute.

La mer, tourmentée en tous sens, devint bientôt affreuse, et des lames énormes balayaient à tout instant le pont de l'*Espérance*. Une de ces lames, véritables trombes liquides, emporta un matelot qui fut jeté à la mer, sans que l'on pût même essayer de lui porter secours.

Le Goff, dès qu'il avait vu le temps changer, avait fait serrer toutes les voiles, à l'exception de la misaine et du petit foc. Mais, bientôt, celui-ci fut emporté dans une rafale, et le ca-

pitaine fut contraint de faire serrer également
la misaine, pour lui éviter le même sort.

Dès lors, la goëlette, à sec de toile, devint à
peu près le jouet des vagues.

Le Goff se multipliait et essayait, à force de
sang-froid, de lutter contre les éléments en
courroux.

Ses efforts étaient vains.

A bord, la confusion était extrême, et il ne
pouvait parvenir à faire exécuter ses ordres.

En dehors du capitaine, il n'y avait que M. de
Valmont qui eut conservé sa présence d'esprit;
malheureusement, il ne pouvait être d'un grand
secours dans cette circonstance critique.

Cependant la tempête soufflait avec une rage
toujours|croissante.

La mer, comme agitée d'épouvantables con-
vulsions, semblait vouloir s'élancer hors de son
lit pour se confondre avec le ciel. Des lames
monstrueuses se ruaient sans trève sur la
malheureuse goëlette, dont les bordages cra-
quaient de toutes parts.

La perte de l'*Espérance* paraissait certaine.

Pour comble de malheur, un des étais se
rompit, et quelques minutes après, les deux
mâts de perroquet, se brisant à la fois, vinrent
s'abattre sur le pont avec tous leurs agrès, en

blessant plusieurs hommes dans leur chute.

Les ténèbres de la nuit vinrent encore ajouter à l'horreur de cette situation.

— C'en est fait ! dit Le Goff à M. de Valmont, qui se tenait à côté de lui, nous n'avons plus qu'à attendre.

— La mort, n'est-ce pas ? fit simplement le comte.

— Oui, répondit **Le Goff**, à moins d'un miracle !

Pendant **toute la nuit**, la goëlette fut ballottée par les vagues, emportée dans le tourbillon furieux qui se déchaînait autour d'elle.

Avec le jour, le vent se calma presque subitement :

L'*Espérance* était enfin sortie de la zone où régnait le terrible cyclone, et se trouvait désemparée, à demi-brisée, mais debout encore dans des eaux plus tranquilles :

— Nous sommes sauvés ! s'écria Le Goff en levant les bras au ciel.

Comme il achevait ces mots, il fut renversé par une violente secousse qui ébranla le navire de l'avant à l'arrière, tandis qu'on entendait un sourd craquement.

— Aux pompes ! commanda le capitaine en se relevant d'un bond.

Il n'était plus temps. La goëlette s'inclina sur bâbord, et, quelques minutes plus tard, un remous à la surface de l'eau indiquait seul la place où elle venait de s'engloutir.

L'*Espérance* avait touché sur un écueil sous-marin.

. . . . . . . . . . . . . . . . . . . . . . . . .

Cependant tout l'équipage de la goëlette n'avait pas péri : Le Goff, M. de Valmont et trois matelots eurent le bonheur d'échapper au naufrage.

Accrochés à quelques planches qui avaient surnagé, les malheureux attendaient depuis vingt quatre heures au moins, au milieu d'angoisses inexprimables, un secours qui vint les tirer de l'horrible situation où ils se trouvaient.

La faim et surtout la soif, la cruelle soif, commençaient à tenailler leurs entrailles ; leurs doigts crispés ne tenaient plus qu'à grand'peine le morceau de bois qui les soutenait au-dessus du gouffre.

Déjà ils désespéraient d'éviter la mort, et regrettaient de n'avoir pas partagé le sort de leurs compagnons, lorsque l'un d'eux poussa un cri, en étendant le bras vers un point presque imperceptible sur l'immensité de la mer.

Tous regardèrent dans cette direction.

— Une voile ! s'écria Le Goff.

Mais ce bâtiment les apercevrait-il ?

Telle était la question, question de vie ou de mort, qui se posait pour les naufragés !

Heureusement leur anxiété fut de courte durée.

Le bâtiment se rapprochait d'eux d'une manière sensible, et bientôt ils purent distinguer que c'était une barque de pêche.

Les malheureux faisaient des signaux désespérés, agitant leurs bras et élevant au-dessus de leur tête tous les objets qu'ils pensaient de nature à attirer l'attention du navire.

Enfin, à un changement d'allure de la barque, ils comprirent qu'ils avaient été aperçus.

En effet, elle courait maintenant sur eux.

**Ils étaient sauvés ! ! !**

FIN DU PREMIER VOLUME

Paris. — Imp. Vᵛᵉ Albouy, 75, av. d'Italie.

# COLLECTION A.-L. GUYOT

## (Catalogue — Séries B, C)

## Série B. — Romans d'Aventures, Chasses et Voyages

LES VOLUMES DE CETTE SÉRIE PEUVENT ETRE MIS DANS
TOUTES LES MAINS

### ŒUVRES DE MAYNE-REID

| | |
|---|---|
| Les Pirates du Mississipi.................. | 1 vol. |
| Bruin, ou les jeunes chasseurs d'ours...... | 2 vol. |
| Les Chasseurs du Limpopo................ | 1 vol. |
| Gaspar le Gaucho...................... | 2 vol. |
| Les Chasseurs de Scalps................. | 2 vol. |
| Voyage à fond de cale................... | 1 vol. |
| Les Chasseurs de plantes................ | 1 vol. |
| Les Grimpeurs de rochers................ | 1 vol. |
| Les Boërs Chasseurs d'ivoire............. | 1 vol. |
| Les Vacances au désert.................. | 1 vol. |
| Les Chasseurs de girafes................ | 1 vol. |
| Le Mousse de la « Pandore »............. | 1 vol. |
| Epaves de l'Océan...................... | 1 vol. |
| La Corde fatale........................ | 1 vol. |

### THÉODORE OAHU

| | |
|---|---|
| L'Ile désolée.......................... | 2 vol. |

## Série C. — Romans Etrangers

A. POUCHEKINE. — La Fille du Capitaine
(traduit du Russe par Maurice Quais)  1 vol.

---

# COLLECTION A.-L. GUYOT

## (Catalogue — Série A)

---

## Romans Populaires

### AUTEURS DIVERS

---

*Dans toutes les Librairies, Kiosques, Gares : 30 cent. le volume.*

On reçoit franco par la poste un volume spécimen et le catalogue contre 30 centimes en timbres-poste adressés à M. A.-L. Guyot, éditeur, 12, rue Paul-Lelong, Paris.

# COLLECTION A.-L. GUYOT

## (Catalogue — Série B)

---

## Romans d'Aventures, Chasses et Voyages

---

LES VOLUMES DE CETTE SÉRIE PEUVENT ÊTRE MIS DANS
TOUTES LES MAINS

### ŒUVRES DE FENIMORE COOPER

| | |
|---|---|
| Le Corsaire rouge...................... | 2 vol. |
| Le dernier des Mohicans................. | 2 vol. |
| La Longue-Carabine. ................... | 2 vol. |
| La Fille du Sergent (Le lac Ontario) ....... | 2 vol. |
| Rosée-de-Juin........................ | 2 vol. |
| Bas-de-Cuir.......................... | 2 vol. |
| La Prairie........................... | 2 vol. |
| Le vieux Trappeur..................... | 2 vol. |
| Le Tueur de daims..................... | 2 vol. |
| Œil-de-Faucon........................ | 2 vol. |
| Le Cratère ou les Robinsons américains.... | 2 vol. |
| L'Espion............................ | 2 vol. |
| Aventures d'un Capitaine américain........ | 2 vol. |
| A bord et à terre... ................... | 2 vol. |
| Un Cousin d'Amérique.................. | 2 vol. |

---

*Dans toutes les Librairies, Kiosques, Gares :*
*20 centimes le volume.*

On reçoit franco par la poste un volume spécimen
et le catalogue contre 30 centimes en timbres-poste
adressés à M. A.-L. Guyot, éditeur, 12, rue Paul-
Lelong, Paris.

# COLLECTION A.-L. GUYOT

## (Catalogue — Série D)

---

## Œuvres Comiques

### BIBI-TAPIN (Contes du Petit Ploupiou)

Les mésaventures de Bistrouille........... 1 vol.
Les farces de Beaupoil.................... 1 vol.
Bistrouille au Sacré-Cœur...... ......... 1 vol.
Bistrouille à l'Armée du Salut............ 1 vol.
Bistrouille en Cour d'assises (ou le Cadavre
   ambulant)............................ 1 vol.
Bistrouille et Jean Hiroux................ 1 vol.

> Chaque volume...... 0.20
> Franco-poste........ 0.30

---

## ALMANACH DE BIBI-TAPIN
### Pour 1899 (1re année)

Illustré de plus de 100 dessins, 0.50
franco-poste, 0.60

---

Les ouvrages signés Bibi-Tapin, dont la plupart ont dépassé 200.000 exemplaires, sont absolument désopilants.

---

*Dans toutes les Librairies, Kiosques, Gares :
20 centimes le volume.*

On reçoit franco par la poste un volume spécimen et le catalogue contre 30 centimes en timbres-poste, adressés à M. A.-L. Guyot, éditeur, 12, rue Paul-Lelong, Paris.

# COLLECTION A.-L. GUYOT

## (Catalogue — Séries M, P, U)

---

### Série M. — Ouvrages amusants

| | | |
|---|---|---|
| A. MICKIÉWIOZ. — 100 Tours de cartes faciles | 1 vol. |
| B. DE GRAFFIGNY. — 100 Expér. électriques.. | 1 vol. |
| — 100 Expériences physiques... | 1 vol. |
| — 100 Expériences chimiques.. | 1 vol. |
| J. DESLOIR. — L'art de tirer les Cartes ...... | 1 vol. |
| COMTE DE St-GERMAIN. — L'Oracle du Destin | 1 vol. |
| MERCURIUS. — Les Songes expliqués....... | 2 vol. |
| J. DE RIOLS. — Le Langage des fleurs....... | 1 vol. |
| B. THÉO. — Les Silhouettes à la main (Ombres faciles)..................... | 1 vol. |

### Série P. — Science vulgarisée

| | |
|---|---|
| L. DE BEAUMONT. — Curiosités de la Science. | 1 vol. |

### Série U. — Sciences occultes

| | |
|---|---|
| L. DE RÉMORA. — Doctrines et pratiques du Spiritisme ............. | 1 vol. |
| — Phénomènes du Spiritisme. | 1 vol. |
| B. DECRESPE. — La Main et ses mystères... | 2 vol. |
| — Manuel de Graphologie appliquée............... | 2 vol. |
| — Magnétisme, Hypnotisme, Somnambulisme ....... | 1 vol. |
| — Le Grand et le Petit Albert | 1 vol. |
| L. CLÉMENT. — La Lecture de Pensées ...... | 1 vol. |

---

Dans toutes les Librairies, Kiosques, Gares : 20 cent. le volume.

On reçoit franco par la poste un volume spécimen et le catalogue contre 30 centimes en timbres-poste adressés à M. A.-L. Guyot, éditeur, 12, rue Paul-Lelong, Paris.

# COLLECTION A.-L. GUYOT

## (Catalogue — Série V)

---

## Œuvres Célèbres

### MOLIÈRE (Œuvres complètes)

| | | |
|---|---|---|
| Tome I | La jalousie du Barbouillé. — Le Médecin volant. — L'Etourdi.. | 1 vol. |
| Tome II | Le Dépit amoureux. — Les Précieuses ridicules. — Le Cocu imaginaire.................... | 1 vol. |
| Tome III | Don Garcie. — L'Ecole des Maris. | 1 vol. |
| Tome IV | Les Fâcheux.—L'Ecole des Femmes | 1 vol. |
| Tome V | La critique de l'Ecole des femmes. — L'Impromptu de Versailles. — Le Mariage forcé.......... | 1 vol. |
| Tome VI | La Princesse d'Elide. — Don Juan. | 1 vol. |
| Tome VII | L'Amour Médecin. — Le Misanthrope.................... | 1 vol. |
| Tome VIII | Le Médecin malgré lui.—Le Sicilien | 1 vol. |
| Tome IX | Le Tartufe.................... | 1 vol. |
| Tome X | Amphitryon. — George Dandin ... | 1 vol. |
| Tome XI | L'Avare..................... | 1 vol. |
| Tome XII | Monsieur de Pourceaugnac. — Les Amants magnifiques.......... | 1 vol. |
| Tome XIII | Le Bourgeois gentilhomme....... | 1 vol. |
| Tome XIV | Psyché.—Les Fourberies de Scapin | 1 vol. |
| Tome XV | La comtesse d'Escarbagnas. — Les Femmes savantes............. | 1 vol. |
| Tome XVI | Le Malade imaginaire. — Poésies. | 1 vol. |

---

*Dans toutes les Librairies, Kiosques, Gares :*
*20 centimes le volume.*

On reçoit franco par la poste un volume spécimen et le catalogue contre 80 centimes en timbres-poste adressés à M. A.-L. GUYOT, éditeur, 1⁰ rue Paul-Lelong, Paris.

# COLLECTION A.-L. GUYOT

## Volumes cartonnés à 0,60

---

**FENIMORE COOPER.** — Le Corsaire Rouge.
— Le dernier des Mohicans.
— La Longue-Carabine.
— La Fille du Sergent.
— Rosée-de-Juin.
— Bas-de-Cuir.
— La Prairie.
— Le vieux Trappeur.
— Le Tueur de daims.
— Œil-de-Faucon.
— Les Robinsons Américains.
— L'Espion.

**MAYNE-REID.** — Bruin.
— Gaspar le Gaucho.
— Chasseurs du Limpopo et Pirates du Mississipi.

La Cuisinière et Pâtissière des petits ménages.
Electricité.
La Main et ses mystères.
Graphologie appliquée.

Les Songes expliqués.
Haine de races et Ceux qui aiment.
Le Crime du Cours Saint-Vincent.

---

*Dans toutes les Librairies, Kiosques, Gares :*
*60 centimes le volume.*

On reçoit franco par la poste un volume spécimen et le catalogue contre 75 centimes en timbres-poste adressés à M. A.-L. GUYOT, 12, éditeur, rue Paul-Lelong, Paris.

Les plus intéressants Romans
d'Aventures, Chasses et Voyages, paraissent dans la
**COLLECTION A.-L. GUYOT.**
Ils peuvent être mis dans toutes les mains.